KB074972

그렇게
할 수밖에

그렇게
할 수밖에

최도담
장편소설

네오
픽션

차례

죄 많은 내 머릴 짓이기든가

한 허리를 동강내도 무방하네

— 보들레르 「살인자의 술」 중에서

봄날

누군가를 죽이기 위해 가장 필요한 건 인내심이다. 적정한 때를 포착하기 위해 기다리는 것, 그것은 인내심을 요구한다. 낙타가 사막을 건너는 속도라고 할지라도 오랫동안 준비하고 기다릴수록 성공 확률이 높아진다. 당연한 얘기지만, 우리 인생은 당연한 것들을 놓치는 오류 때문에 망가진다. 아니, 당연한 것을 모르기 때문에 궁지에 몰린다.

*

할머니는 십자수를 놓던 손을 멈추고 현관으로 들어서는 나를 응시했다. 눈빛조차 읽기 어려울 정도로 눈동자가 덮여버린 늙은 눈이다. 그래도 내 얼굴에 스치는 반가움은 읽어내는 것 같다.

십자수를 놓는 일은 20여 년간 할머니의 취미였다. 그러니까 취미라기보다 밥을 먹는 일처럼 그냥 일상이라고 해야겠다. 괜찮은 취미 하나 있으면 인생을 견뎌낼 수 있다. 할머니는 오래전 그걸 깨달았는지도 모른다.

내가 찾아갈 때면 어김없이 할머니는 식탁에서 십자수를 놓고 있다. 벽에 걸린 십자수 작품도 하나둘 늘어나 있다. 시계와 달력이 걸려 있는 부분을 제외하고 스무 평 아파트의 모든 벽이 할머니의 작품들로 꽉 차 있다. 고흐부터 피터 래빗까지 각양각색의 작품들이 벽마다 빽빽이 들어차 있는 것도 모자라 한쪽 방 벽면에 겹겹이 늘어서 있다. 지금 할머니는 〈최후의 만찬〉에 도전하고 있다. 할머니의 말에 의하면 십자수 세계에서는 마지막 도전과도 같은 작품이다. 에베레스트를 정복하는 것과 같다고 했다.

"이 늦은 시간에 무슨 일이야?"

할머니의 목소리에 걱정이 묻어 있다.

"할머니 보고 싶어서."

"헐, 거짓말이 늘었네."

"헐, 할머니, 헐은 어디서 배웠어?"

"헐, 뭘 그런 걸 가지고."

십자수를 놓던 손이 다시 부지런히 움직이기 시작했다.

"근데 정말 무슨 일인 게야?"

"일은 무슨. 그냥 오늘은 여기서 자려고."

어깨에 메고 있던 핸드백을 식탁 위에 던져놓고 소파에 앉았다. 십자수를 놓다가 휴식이 필요할 때면 할머니가 옮겨 앉는 일인용 소파다. 철저하게 일과 휴식을 분리해야 한다는 게 할머니의 생각이다. 십자수를 놓는 작업은 식탁 의자에서, 휴식은 소파에서. 나이가 들면 습관을 고집한다. 생활 속에서 몸에 밴 것을 내려놓지 못한다.

"맨날 집 좁다고 하더니 웬일이야? 정말 무슨 일이 있는 거 아니니?"

"아니라니까. 그냥, 쉬고 싶어서."

할머니의 시선을 피해 눈을 감았다. 그 소파에 앉아서는 도통 십자수를 놓을 수가 없어. 잠이 쏟아져서 말이지. 할머니의 말이 딱 맞다. 이 소파에서라면 그간 못 잔 잠을 실컷 잘 수도 있을 것 같다.

"저녁은?"

할머니가 의자에서 일어나는 소리가 들렸다. 저녁 식사 준비를 하려는 것이다.

"먹었지. 10시가 넘었는데."

눈을 감은 채 대답했다. 실은 먹지 않았지만 배가 고프지 않았다. 아니, 배가 좀 고픈 것도 같은데 식욕이 없었다. 허기를 느끼는 것과 먹는 것은 다른 일이다. 배가 고프다고 먹고 싶어지는 것은 아니다. 잘 먹고 잘 자는 것이 꽤 어려운 일이라는 것은 오래전 깨달았다. 삶을 잘 살아내고 있다는 것은 그저 잘 먹고 잘 자는 일이라는 것을. 그것이 인생에서 얼마나 어려운 일인가 하는 것을.

"국수라도 해줄까?"

"먹었다니까."

"먹었어도 또 먹어."

냄비에 물을 받는 소리에 나는 눈을 떴다. 이럴 줄 알았다. 할머니를 말릴 수는 없다.

"할머니, 나 다이어트 좀 하게 두지."

"얼굴이 그렇게 퀭한데 다이어트는 무슨."

할머니는 가스레인지에 물을 올리고 냉장고에서 마른 멸치를 꺼내 던져 넣었다. 그리고 호박이며 달걀을 끄집어냈다. 할머니는 무슨 음식이든 뚝딱 해내는 신비로운 손을 가졌다. 무엇을 만들어도 맛있는데 그중에서도 국수가 최고다. 순식간에 여느 소문난 국숫집보다 진한 멸치 육수를 만든다. 내가 안 보는 사이에 MSG를 마구 넣는 건가, 하고 생각한 적도 있지만 그렇지는 않을 것이다. 내 미각에는 그런 인위적 첨가물이 느껴지지 않는다. 그저 오랜 세월 속에서 얻은 노하우 같은 것일지도 모른다. 어느 정도 기다려야 멸칫국물이 맛있어지는지나 우린 멸치는 어떻게 해야 하는지는 요리의 시간이 쌓여 터득되는 것이다.

"잘 먹고 다녀야 해."

할머니는 호박을 썰다가 힐끗 뒤를 돌아보았다. 나이든 눈은 대부분 슬퍼 보이지만, 할머니의 눈빛은 더욱 그렇다. 할머니가 나를 보는 눈빛에는 슬픔이 고여 있었다. 아니면 내가 그렇게 습관적으로 생각하는 건지도 몰랐다. 할머니는 엄마가 없는 나를 가엾게 생각한다고. 가여워하는 마음이 묵직하게 할머니의 삶을 지배하고 있다고. 무언가를 더 먹이지 못해서 안타까워하고 전 전긍긍하는 할머니를 하루 이틀 본 것이 아니니까.

할머니와는 3년 전부터 따로 살기 시작했다. 할머니와 함께 있는 것은 행복하면서도 힘겨웠다. 할머니와 나, 그 사이에는 엄마의 부재가 항상 끼어들었다. 할머니와 나에게 엄마의 존재는 슬픔이라는 공통분모였고, 애써 피하려 했지만 피하려 한다는 것의 의미를 서로 알고 있었다. 슬픔을 극복하기 위해서는 물리적 외부세계를 바꿔줄 필요가 있다. 나에게 그것은 할머니와의 거리두기였다.

집을 나가겠다고 했을 때 할머니는 마치 예정된 일처럼 받아들였다. 담담한 모습으로 짐 꾸리는 일을 도와주었다. 어떻게든 잘버티면 된다. 네가 어디에 있든 버텨낸다면 난 그걸로 됐다. 할머니는 옷가지들을 트렁크에 넣다가 문득 말했다. 소형 이삿짐 트럭이 짐을 싣고 아파트를 출발할 때는 오랫동안 손을 흔들며 서있었다. 서로를 놓아야 하는 순간이 있다는 것을 할머니는 알고있었던 것이다.

할머니는 잔잔하면서도 빠르게 움직였다. 마치 연주를 이끄는 지휘자의 뒷모습 같다. 가스레인지에서는 김이 펄펄 솟구치고 있었다. 불현듯 식욕이 일었다. 꿈틀거리며 뱃속이 일렁이는 것이 살아 있다는 신호처럼 느껴졌다. 살아 있다고 느끼는 것은 행복하다. 가끔은 이렇게 행복한 기분으로 살아도 좋겠다. 그래야 내 인생도 평타를 칠 수 있다.

나는 국수 한 그릇을 뚝딱 비워 나갔다. 내가 국수를 먹는 동안 할머니는 다시 십자수를 놓으며, 내가 해줄 수 있는 게 고작 이런 것이다, 라고 한마디 했을 뿐이다.

"뭐든 맛있어. 할머니가 만드는 건."

나는 후룩후룩 국수를 먹으며 말했다.

설거지를 하는 동안에는 할머니에게 드라마 좀 보거나 어디 여행이라도 다녀보라고 잔소리를 했다. 할머니는 지금 대작을 만드는 중이니 가만 좀 두라고 했다. 방해받아서는 안 된다고, 이번에는 특히 작품에만 몰두하고 싶다고. 마치 오랜 시간 예술에 공을 들이며 살아온 장인의 말처럼 들렸다. 이런 소소한 대화들이 나를 웃게 한다.

할머니에게 진짜 하고 싶은 이야기들은 마음 깊이 저장된다. 진짜 이야기를 꺼내놓은 지도 얼마나 오래되었는지. 할머니, 난 그놈을 죽일 거야. 반드시 죽일 거야. 내 안에서 사라져간 비밀스러운 발화들이 얼마나 많았는지. 사랑하는 사람에게 진짜 모습을 감춰야 하는 것은 슬픈 일이다. 아무렇지 않은 척하는 것은 고단한 일이다. 나는 눈을 감고 소파 깊숙이 몸을 묻었다. 피로감이 녹아내리는 것 같다.

"나는 이제 자야겠다."

할머니가 식탁 의자에서 일어나는 소리, 의자를 집어넣는 소리, 옷장을 열고 이불을 꺼내는 소리들이 밀려들었다. 나지막하게 청각을 휘감는 소리들은 봄바람처럼 부드럽다. 그래, 오늘은 잘 수 있을 것 같다.

할머니는 침대 바닥에 이불을 펴고 누웠다. 침대는 늘 날 위해서 비워둔다. 내가 언제든 와서 누울 수 있도록. 할머니가 기다리는 혈육은 나뿐이다. 십자수를 놓는 것은 나를 기다리는 하나의 방식이다. 말하자면 저 많은 액자에 담긴 십자수들은 할머니가 나를 기다린 시간들이다. 견고하게 시간을 견디는 것은 존경할 만한 일이다.

"〈최후의 만찬〉이 완성되면 나 줘."

세수를 하고 나와 침대에 몸을 밀어 넣으며 말했다. 그동안 할머니가 잠들지 않았다는 것을 나는 알고 있었다. 잠이 들었어도 대답을 할 거라는 것도.

"촌스럽게 십자수 따위를 어디다 거냐고 할 땐 언제고?"

"촌스럽지. 그래도 〈최후의 만찬〉이니까."

침대에 누워 스탠드 불을 껐다. 이불을 덮은 할머니의 실루엣이 어둠에 묻혔다.

그러든가 그럼, 이라고 말하는 할머니의 목소리에 기쁨이 실려 있었다. 할머니는 잔소리처럼 작품을 가져가라고 하곤 했지만 나는 늘 거절했었으니까. 지금도 십자수 작품을 내 집 벽 어디에도 걸고 싶지는 않다. 내 집 벽에는 마이어스의 흑백 사진들이 걸려 있다. 거기에 십자수로 놓은 〈최후의 만찬〉이라니, 절대 어울리지 않는다. 그러나 오늘은, 할머니를 기쁘게 해드려도 될 것 같다.

할머니, 그놈이 죽었어.

할머니, 그놈을 내가 죽였어.

이런 말을 할 수는 없지만, 십자수를 가져다 걸 수는 있으니까.

사위는 봄밤의 안온함에 젖어 있었다. 겨울은 서서히 물러갔지만 이제 봄은 확실히 자리를 잡았다. 언 땅에 잠복해 있던 생명이 초록빛 살을 드러냈고 꽃망울이 터졌다. 어둠 속에서 벚꽃잎이 자유로운 영혼처럼 날고 있을 것이다. 잠이 왔다. 몸이 묵직해지고 있었다. 아늑한 봄밤이기 때문인지, 피곤하기 때문인지, 이제 정말 평온해졌기 때문인지. 잠을 잘 수 있다는 것은 어쨌든 늘 축복이다.

마지막 눈

올바른 살인의 방식을 택하는 것은 인내심만큼 중요하다.

어떻게 죽일 것인가. 놈을 죽이기로 마음먹고 오랫동안 고심했던 부분이다. 완전 범죄는 최적의 방식을 선택할 때만 가능해진다. 누구를 죽이느냐에 따라 방식이 달라져야 하는 것은 말할 것도 없다. 무엇보다 '어떻게'의 문제를 놓고, 나는 가능한 모든 옵션을 검토하며 심사숙고했다. 파라콰트나 니코틴 원액을 구매할 수 있는 채널까지 알아본 적도 있었다. 약물을 쓰는 것이 현실적인 선택지였지만 구매 기록이 남을 수 있었다. 놈에게 약물을 먹이는 과정도 꽤나 골치 아프게 다가왔다. 칼 등의 흉기 사용은 놈을 대적할 수 있는 상황에서만 가능했다. 아무리 생각해도 놈을 감당하기는 버거울 것이었다. 놈을 대면한다는 생각만으로 구토가 올라왔으니까. 살인에서는 자신을 과대평가하면 안 된다. 내가 할 수 있는 부분과 할 수 없는 부분을 명확히 해야 한다. 그것이 분명해지면 선택의 순간에 직면했을 때 생각보다 쉽게 답을 찾을 수 있다.

*

연을 찾아간 것은 2개월 전, 2월의 마지막 눈이 내린 날이었다. 장소는 신림역 근처의 한 오피스텔. 신축 건물이어서 엘리베이터에는 아직 벽면을 보호하는 올리브색의 지저분한 담요가 붙어 있었다. 13층의 긴 복도를 걸어가면서 정말 이게 잘하는 일인가, 아주 잠깐 생각했다. 새 건물 냄새가 코를 찔렀다. 그 냄새 때문에 미간이 저절로 좁혀졌다. 얼른 빠져나가고 싶다는 생각이 들었을 때, 그의 사무실 앞에 도착했다. 짙은 밤색의 묵직해 보이는 문 위에 '연 직업상담소'라는 회색의 팻말이 붙어 있었다. 벨을 누를까 하다가 문을 두드렸다. 잠시 후 띠리릭 소리와 함께 문이 열렸다.

문 안쪽에 흰머리가 희끗희끗한 남자가 서 있었다. 사십대 초반 혹은 삼십대 후반으로 보였는데 안경 너머의 날카로운 눈이 나를 내려다보았다. 남자는 이름을 묻고 사무실 안으로 나를 들였다.

상담소 내부는 어느 직장의 휴게실처럼 보였다. 적절히 필요한 가구들만 배치되었고 꾸미려고 애를 쓴 느낌은 없었다. 눈에 띈 것은 하늘색 톤의 캔버스에 그려진 녹색 야자수였다. 벽 하나에

두 개의 액자가 대칭으로 걸려 있었다. 옅은 핑크색의 벽면에 하늘색 톤 캔버스, 녹색의 야자수는 어딘지 부조화스러우면서도 산뜻했다. 세 가지 색감이 조화를 이룬 벽면이 그나마 사무실에 생동감을 주는 인상적인 영역이었다. 어딘가 의도한 것처럼 보이기도 했다.

남자는 자신을 연이라고 소개했고, 창을 등진 책상 의자에 앉으며 나에게 맞은편을 권했다. 맞은편에는 등받이가 없는 나무 의자가 놓여 있었다. 연은 줄곧 안경 너머로 눈을 가늘게 뜨고 있었는데 나를 관찰하는 듯했다. 나는 억지로 약간의 미소를 지어 보였다.

"커피 드릴까요?"

나는 고개를 끄덕였다. 연은 커다란 책상 끝에 놓인 커피 메이커에서 커피를 따라주었다. 여유 있고 차분한 움직임이었다.

"자, 그럼 얘기를 해볼까요? 어떤 직장을 원하실까요? 이력서 가지고 오셨나요?"

"이력서요? 아, 네, 여기."

연은 내가 내민 서류를 한참 이리저리 들춰보았다. 연의 입술이 잠깐 꼭 다물어지는 것 같더니 눈썹이 치켜 올라갔다. 무슨 의미인지 알 수가 없었다. 그사이 나는 커피를 한 모금 넘겼다. 연의 등 뒤에 있는 커다란 창 너머로 눈이 쏟아지고 있었다. 건너편 건물의 윤곽은 희미해졌다. 마치 영화관의 하얀 스크린을 보고 있는 것 같았다. 나는 고개를 돌려 야자수 그림과 핑크색 벽으로 시선을 던졌다. 눈이 내리는 풍경과 전혀 어울리지 않는 유쾌한 느낌의 벽이었다. 두 세계는 평행선처럼 닿을 수 없는 곳을 향해 흐르고 있는 것 같았다. 현실과 꿈의 각각 별개의 공간처럼. 나는 두 영역 사이의 어느 섬에 고립된 느낌에 빠졌다. 누구도 내가 놓여 있는 곳을 이해하지 못할 것 같았다. 연은 컴퓨터 자판을 두드려 무언가를 기록하고 서류를 다시 들여다보았다. 미간의 주름은 점점 더 깊어졌고, 자기만의 세계에 몰입해 있었다. 내가 함께 있다는 것을 연이 잊은 건 아닌지 걱정스럽기까지 했다. 잠시 후, 연은 이제야 생각났다는 듯 나에게 시선을 던졌다. 뜨거운 기운이 몸 구석구석까지 번졌다. 코트를 벗을 걸 그랬나. 등줄기에 땀이 맺히고 얼굴이 화끈거렸다. 얼었던 몸이 녹고 있는 건가.

"좋습니다. 서류는 검토하겠습니다."

나는 고개를 끄덕였다.

"이 의뢰를 진행하시는 데 후회는 없겠습니까?"

그 목소리는 깊고 낮았다. 최후의 물음이니 신중하게 답을 하라는, 섣부른 결정을 경계하라는 묵직함이 담겨 있는 듯했다. 순간, 이 의뢰의 의미가 의식의 표면 위로 떠올랐다. 이것이 내 미래의 시간을 바꿔놓을 만한 사건이 된다는 것을, 그로 인해 예상과는 전혀 다른 삶을 살 수도 있다는 것을 감지하는 순간이었다. 지금보다 더 엉망이 되거나 나빠질 수도 있다. 그러나 비가 올지도 모른다는 이유로 배를 띄우지 않는다면 절실하지 않은 것이다. 절실하다면, 비를 맞을 각오도 해야 한다. 풍랑에 뒤집히는 위험이 있더라도 나아가야 할 길을 가야 한다. 선택은 대가까지도 포함해야 한다. 결과를 회피할 수 있는 선택이란 없다. 나는 잠시 비장한 생각에 잠겼다가 일을 진행하겠다고 답했다.

연은 모든 진행을 우편으로 하겠다고 일러주었다. 받은 우편물은 바로 처리하라는 부탁을 끝으로 상담은 종료되었다. 입구로 걸어 나오는데 잠깐 현기증이 일었다. 긴장과 중압감에서 벗어나는 과정처럼 느껴졌다.

"혹시 문제가 생기면 어떻게 연락하죠?"

문이 닫히기 전 마지막 질문을 던졌다. 연이 실패하거나 일이 틀어졌을 때를 대비해야 했다.

"여기로 오시면 됩니다. 혹시 제가 없을 땐 다른 직원에게 연을 불러달라고 하세요."

눈을 맞으며 20분 간 걸어서 전철역에 도착했다. 누군가에게 들켜서는 안 되는 것처럼 주위를 살피기도 했다. 북적대는 사람들 틈에 끼어서야 현실로 귀환한 듯한 느낌에 젖었다. 핑크색 벽과 하늘색 캔버스에 그려진 야자수가 어른거렸다. 그것이 너무나 비현실적이어서 아주 먼 곳으로 여행을 다녀온 것 같기도 하고 꿈을 꾼 것 같기도 했다. 차갑게 젖은 머리칼이 현실감을 일깨웠다. 코트에 생긴 물방울과 머리칼의 물기를 털어냈다. 시간은 벌써 2시 10분이었다. 학원까지 30여분, 서둘러 전철을 타야 했다.

더 비기닝

불면증은 질병이지만, 물리적 노력으로 개선되기도 한다는 점에서 치명적이지는 않다. 그러나 어떤 수위를 넘으면 삶의 질을 떨어뜨리는 심각한 질병이 되기도 한다. 나는 약물에 의존해야만 잠이 드는, 의사에 따라서는 심각하다고 진단하는 단계의 불면증을 앓고 있었다. 3주에 한 번씩 정신과에 들르면 의사는 약물 의존도를 낮춰야 한다고 경고했다. 가끔은 의사의 경고를 받아들여 약물 없이 잠을 자려고 시도하기도 했다. 기다리는 버스가 오지 않을 때처럼, 오지 않는 잠을 기다리는 일은 초조함을 동반한다. 침대 위에서 느끼는 초조함은 잠을 쫓아버리는 가장 큰 주범이다. 잠을 기다리면서 잠을 쫓아내는 아이러니한 악순환에 빠지는 것이다.

그날은 약물 없이 자려고 부질없는 시도를 하다가 제대로 못

잔 상태였고, 피로감이 그렁그렁한 몸을 이끌고 출근한 날이었다. 이제 곧 있을 중간고사 때문에 한창 바쁠 시기였다. 학원에 도착해서 중간 대비 시험지 인쇄가 늦어진 것에 대해 원장에게 잔소리를 듣고 나오던 길이었다. 접수 데스크에서 일하는 진선 씨가 나를 찾고 있다가 급히 다가왔다. 그녀는 형사가 찾아왔다며 데스크 앞을 서성이는 남자들을 가리켰다. 두 명의 남자가 가볍게 고개를 숙여 인사를 건넸다.

준비하고 있었으니 놀랍지는 않았다. 만약 형사가 찾아온다면, 이라는 가정으로 수없이 상상했다. 여러 시나리오가 있었다. 그중 하나만 꺼내 들면 되었다. 물론 가정과 현실은 상당히 다르다. 예상했던 것보다 더 빨리 직장으로 들이닥친 것은 적잖이 나를 당혹스럽게 한 부분이다. 그것도 원장에게 잔소리를 들은 데다 바쁘기까지 한 날에. 오히려 그런 상황들이 나를 도와줬는지도 모르겠다. 피해자 코스프레를 하도록.

"무슨 일이시죠?"

나이가 있어 보이는 형사가 정용우라고 이름을 밝혔다. 정 형사는 신분증을 잠시 보였다가 점퍼 주머니에 넣었다.

"이기섭 씨 아시죠?"

"이기섭?"

"이기섭 씨에 대해 잠깐 얘기를 좀 하고 싶은데. 어디 조용한데가 없을까요?"

그리고 보니 복도를 지나는 몇몇 선생들이 힐끗거리고 있었다.

나는 복도 끝에 있는 상담실로 그들을 안내했다. 녹차 티백을 종이컵에 담아내 그들 앞에 놓아주고 나는 맞은편에 앉았다. 정 형사는 학원 광고 포스터와 강사 시간표 등이 붙은 벽을 유심히 응시했다. 관심을 보이는 걸 보니 자녀가 있는 것 같았다. 형사의 관심이 잠깐 다른 곳에 머문 사이, 나는 이제 진짜 싸움이 시작됐다는 생각을 하고 있었다. 싸움의 시작도 끝도 자신의 위치를 냉정하게 인지하는 게 전부다. 내가 어디에 서 있는지, 왜 거기에 서 있는지 정확하게 이해하고 바라보는 것. 개운치 않던 머릿속은 어느 때보다 맑게 각성되었다. 이상하리만치 고요하고 차분한 심정이었다. 침착하게 책을 읽는 일도 가능할 만큼.

"아, 너무 심각하게 생각하진 마시고요. 그냥 참고 조사입니다."

정 형사가 말했다. 날씨에 맞지 않게 누빔 야상 점퍼를 걸치고 땀을 흘리고 있었다. 까무잡잡한 얼굴에 광대가 튀어나와서 험해 보이는 인상에 옷깃으로 땀을 닦는 모습이 마치 그가 취조를 받고 있는 것 같았다.

"이기섭 씨가 교통사고로 숨졌습니다. 연락 받으셨나요?"

나는 잠깐 침묵했다. 그들은 내 눈빛을 살폈다.

"아뇨. 언제?"

"보름쯤 지났습니다."

나는 고개를 끄덕였다.

"경기도 화성의 한 도로에서 뺑소니 차량에 치였습니다."

"아!"

24

나는 짧게 탄식했다.

"연락은 통 안 하고 지내셨습니까?"

젊은 형사가 말했다. 얼굴이 까맣게 그을린 것이 매한가지였는데 동글동글한 이목구비 때문에 어려보이는 인상이었다. 형사라는 직업적 특성상 잦은 야외 활동이 불가피하니 피부색이 어두워질 수 있겠다는 엉뚱한 생각이 잠시 스쳤다.

"저희도 뭐, 뺑소니 사고를 이렇게까지 조사해야 하나 싶은데, 유가족이 단순 사고사가 아닐 수도 있다면서 막무가내여서요."

"아, 네."

"유가족은 이기섭 씨가 술을 끊었는데 만취한 채로 사고를 당했으니 뺑소니라는 걸 믿지를 않는 거죠. 그런데 목격자도 없고 주변에 CCTV도 없는 한적한 도로고. 뺑소니는 초동 수사가 중요하거든요. 만약에 일부러 뺑소니를 낸 거라고 하면 뭐, 조사를 할 필요도 있고. 저희도 좀 곤란한 부분이 있고 해서."

정 형사가 골치 아파 죽겠다는 어투로 말했다. 나는 고개를 몇 번 끄덕였다. 거짓말을 하기 위해서는 먼저 상대방의 말에 공감해야 한다. 살인에 대해 생각했을 때 이런 부분도 꼼꼼하게 생각해두었다. 형사를 적으로 두어서는 안 된다. 공격적일 필요도 없지만 지나치게 방어적이어도 안 된다. 가능한 말은 줄이고, 내가 한 말을 기억해야 한다. 하나의 건물을 올리듯 밑바닥부터 주변부까지 철저하게 계산해야 한다.

"네, 이해합니다."

"아이고 감사합니다. 이런 일이 익숙지 않으실 텐데……. 근데 유가족 말에, 강라경 씨가 몇 번 이기섭 씨를 찾아간 적이 있다던데요."

갑자기 정 형사의 얼굴에서 미소가 사라졌다.

"아, 찾아갔다기보다 우연이었어요. 친구를 만나러 그 동네에 갔다가 카페에 들어갔는데 이기섭 씨네 카페였죠. 이기섭 씨와 마주치고 바로 나왔어요."

그날 새로 이사한 지나의 집에 가는 길에 카페에 들렀다. 테이블 세 개가 놓인 소규모 카페였다. 라떼 두 잔을 주문하고 카페를 둘러보는데 카운터에서 주문을 받던 남자와 눈이 마주쳤다. 쌍꺼풀이 두툼한 눈이 내게 시선을 고정한 채 움직이지 않았다.

그 얼굴은 시간을 넘어 과거의 한때로 나를 데려다놓았다. 시간이 주름을 만들고 흰머리를 섞어놓았지만, 과거를 지우지는 못했다. 놈을 다시 만나기 전까지 그 얼굴은 형태가 없었다. 시간은 그 얼굴을 깎아내고 지웠다. 세월을 따라 파도가 바위의 뾰족함을 무디게 하듯이. 그러나 그놈을 대면하는 순간, 뭉개져 있던 기억의 얼굴이 명료하게 형태를 얻었다.

이기섭은 놀란 나를 비웃었다. 그 표정이 과거의 것과 너무나 닮아 지나온 시간을 지워버렸다. 너, 라경이지? 그 말을 듣고서도 나는 움직일 수가 없었다. 옆에 있던 여자가 커피를 만들다가 나를 보더니 눈을 동그랗게 떴다.

얼마간 서 있다가, 가까스로 몸을 돌렸다. 유리문은 무겁게 버티며 열리지 않았다. 문을 당겨야 하는데 밀고 있었다. 휘청거리는 다리를 끌고 골목 어딘가를 헤매다가 빌라 담벼락에 아침으로 먹은 것들을 게웠다. 한 아주머니가 아침부터 술을 마셨나, 쯧쯧 혀를 차면서 지나쳤다.

제기랄, 내가 왜 토를 하는 거야. 빌어먹을. 놈으로부터 빠져나오기 위해 쌓아 올린 인내의 시간이 와르르 무너지고 있었다. 뛰어넘었다고 생각한 상처의 시간들은 나를 놓아주지 않았다. 나는 여전히 상처의 시간 속에서 허우적거리고 있었다. 상처를 입는 순간엔 누구도 그 깊이를 가늠하지 못한다. 시간은 상처를 치유하는 것이 아니라 감별해내는 것이다. 시간이 드리워져야만 비로소 상처의 순도와 깊이가 드러난다.

"왜요?"

"네?"

"왜 그냥 나오셨냐고요."

"아, 별로 마주치고 싶지 않은 사람이니까요."

처음으로 조금 떨리는 목소리였다.

"네, 좋습니다. 그럴 수도 있지요. 그럼 보름 전, 그러니까 정확하게는 4월 6일 금요일 저녁 10시에서 새벽 2시 사이에 뭘 하셨는지 여쭤봐도 될까요?"

젊은 형사의 얼굴에 호기심이 비쳤다. 형사다운 말투를 써서 나도 웃음기를 거두었다. 스릴러 드라마에서 용의자를 수사하는 장면 같았다. 허술함과 치밀함 사이에서 절묘하게 줄타기를 하는 듯했다.

"금요일에는 학원 강의가 10시에 끝나고요. 그다음은 수첩을 좀 봐야 하는데, 보통 퇴근은 10시 15분쯤 하고요. 가끔 동료와 맥주 한잔하기도 하는데 그날은 모르겠네요. 뭘 했는지 잠깐 핸드폰 좀 볼게요."

핸드폰 다이어리 일정을 살폈지만 아무것도 쓰여 있지 않았다. 카카오톡을 꼼꼼하게 뒤져보았다. 4월 6일 금요일, 과학 선생 경희와의 톡이 있었다. 그날 경희와 학원 앞 맥줏집에서 맥주를 마셨다. 나는 형사들에게 톡 메시지창을 열어서 핸드폰을 건넸다. 마치 백 점 맞은 답안지를 부모에게 내밀 듯 자신감에 찬 손길이었다. 그들은 메시지를 향해 시선을 모았다. 젊은 형사는 고개를 끄덕이고 수첩에 무언가를 끄적였다. 실은 그날의 알리바이는 준비된 것이었고 맥줏집에 들어설 때부터 나올 때까지 시간을 체크하고 있었다. 연의 우편물을 통해 확인해둔 일정에 맞춰 움직였다. 그러나 형사의 물음에 즉각적인 대답은 피하고 천천히 시간을 끌었다. 너무 자연스럽게 대답이 튀어나오는 것보다 의심스러운 것은 없다.

"과학 선생이에요. 지금 생각났네요. 그날 2시쯤 택시를 타고 경희와 저희 집으로 갔어요."

"알겠습니다. 혹시 차는 주차장에 두십니까?"

"출퇴근은 주로 전철을 이용해요. 쇼핑을 해야 하거나, 다른 일이 있으면 가져올 때도 있지만요. 오늘은 집에 두고 왔는데요."

"아, 네. 여기까지 하도록 하죠. 이렇게 협조해주셔서 감사합니다. 특별한 점이 있어서가 아니라 그냥 형식적인 겁니다. 아이고, 저희도 피곤합니다. 이렇게라도 해야 빨리 일을 마무리하죠."

정 형사가 자리에서 일어나며 너스레를 떨었다.

그들의 표정은 밝았다. 그들에게서 일을 빨리 마무리 짓고 싶어 하는 조바심이 느껴졌다. 대수롭지 않은 뺑소니 사고일 뿐이라는 확신이 얹어진 표정이었다. 앞서 복도를 걸어가던 그들은 점심을 근처에서 먹자는 얘기를 나눴다. 맛집으로 소문난 감자탕집이 있다는 얘기를 젊은 형사가 꺼냈다. 감자탕 좋지, 라고 대꾸하는 정 형사의 목소리도 들렸다. 내 시선은 가벼운 걸음으로 학원을 빠져나가는 두 사람을 오래도록 따라갔다.

아직 안심할 단계는 아니었다. 모든 문제는 방심하는 순간 터진다. 어쩌면, 영원히 안심할 단계는 오지 않을지도 모른다. 그것이 살인자의 숙명이다.

축배

편의점에서 맥주를 고르는 동안, 놈을 죽인 희열이 마음 구석구석 번졌다. 벌써 알코올이 세포 속속들이 퍼져 나간 것 같았다. 트로피를 들어올리는 대신 술을 마실 수 있지. 흥분이 큰 파도처럼 일렁였다.

"오늘도 또 달리기엔 내 위장이 너덜너덜한 거 같은데."

지나는 초록색 캔맥주를 골라 바구니에 넣으며 하소연했다. 어제도 과음으로 오후까지 속이 더부룩했다고 덧붙였다.

"그래도 오늘은 가만있을 수 없지."

"그니까 인간이 말이야, 이 위장만 철벽이었으면 소비 경제가 훨씬 더 살아났을 거야. 보호 필름 같은 거 빨리 만들어야 해. 핸드폰 보호 필름 같은 거 위장에 딱 붙일 수 있으면 얼마나 좋냐고. 과학자들 다 뭐 해?"

"인간이 그러고 보면 나약하지. 너무 불안정해."

지나와 나는 편의점을 휘젓고 다니며 인간의 불안정함에 대해 떠들어댔다. 그러는 사이 바구니에는 맥주와 각종 과자와 마른 오징어 등이 쌓였다.

그래, 인간은 불안정하다. 위장만 불안정한 게 아니다. 인간의 멘탈이라는 게 맥주로 가득 찬 위장보다 불안정하다. 위장이 아니라 멘탈에 보호 필름 같은 걸 씌울 수 있다면, 인간의 역사가 한참 다르게 쓰였을지도 모른다.

인간들이 열광하는 영화 속 슈퍼 히어로들이 특별한 건 그들의 멘탈 때문이다. 실패와 좌절 속에서도 절대 무너지지 않는 강철 멘탈의 소유자들, 슈퍼 히어로. 평범한 인간이 슈퍼 히어로가 될 수 없는 이유는 아이언 슈트 같은 슈퍼 장비가 없어서가 아니다. 증오하는 인간을 마주쳤다는 것만으로 구토하는 게 인간이다. 약물에 의존해 잠을 자고 불안을 잠재우는 게 고작이다. 그런 물렁물렁한 멘탈로 슈퍼 히어로라니 어림도 없다.

놈과 마주쳤을 때, 옆에 있던 전시용 머그잔을 집어던졌어야 했다. 개자식이라고 욕을 퍼붓고 주먹을 날렸어야 했다. 당신이 무슨 짓을 했는지 아느냐고 따져 물었어야 했다. 놈이 죽고 후회하는 부분이 있다면 그것이다. 한번쯤은 놈과 정면 승부를 했어야 했다. 뒤통수를 치는 것보다는 그게 나았을지도 모른다.

"무슨 생각해?"

편의점 문을 밀며 지나가 물었다.

"응? 보호 필름이랑 강철 멘탈."

"그지? 우리에겐 그게 필요해. 이 술이 아니라."

"술은 우리 멘탈을 강하게도 하잖아. 뵈는 게 없어지게."

그건 그렇다고 맞장구를 치며 지나는 해맑게 까르르거렸다. 나는 편의점 야외 테이블에 앉자마자 허겁지겁 맥주를 땄다.

"근데 정말 이기섭이 죽은 거야?"

맥주 두 캔을 비우고서야 조금 갈증이 풀렸다.

"뺑소니 차에 치여서 죽었다는 거지?"

죽은 게 아니고 제거된 거지, 라는 말이 꿈틀거리며 입 안을 맴돌았다. 지나는 맥주를 홀짝거리며 믿을 수 없다는 표정을 지었다.

"그런 인간은 그렇게 죽어야 싸지."

나와 지나는 이기섭을 그런 인간으로 분류했다. 플라스틱은 플라스틱 분리수거함으로 가야 하듯, '그런 인간'들은 그런 인간들에게 어울리는 곳에 던져져야 한다. 그런 인간들로 인해 선한 인간의 삶이 삐거덕거리고 궤도를 이탈하니까. 누군가는 그런 인간들을 분리수거해야 한다. 그런 의미에서 분리수거를 성공적으로 마쳤을 뿐이라고 생각하니 흡족했다.

"너네 엄마가 힘드셨지. 그 인간 때문에."

중고등학교를 함께 다닌 지나는 유일하게 내 가족사를 알고 있는 친구다. 물론 그 가족사도 부분에 불과하지만.

정신과 치료를 받을 때, 의사가 자주 했던 말이 있다. 상처에서 벗어나는 유일한 방법은 그 상처를 드러내는 것이라고. 언어로 풀어진 상처만이 아물 수 있다고. 상처를 목구멍 아래에서 건져 올려 밖으로 꺼내야 한다고. 그때, 나는 누군가에게 엄마와 나의 얘기를 해야 한다고, 얘기할 수도 있다고 생각했다. 그러나 번번이 실패했다. 지나는 물론이고 한때 사귀었던 준에게도 말하지 못했다. 그것은 마치 목구멍 속에서 커다란 불덩이를 꺼내는 것 같았다. 상처가 언어화되기까지 얼마의 시간이 소요되어야 할까. 아니, 상처는 애초에 언어화될 수 없는지도 모른다. 언어 너머에서 인간을 갉아먹을 뿐. 마치 기생충처럼. 놈을 무너뜨려야 한다고 생각한 지점이다. 내가 상처를 꺼내놓을 수 없다면, 놈이 사라져야 했다.

"그 인간은 벌받은 거야. 난 정말 그렇게 생각해."

지나는 빈 맥주캔을 찌그러뜨렸다.

"여자를 패는 인간에 대해 더 무슨 말을 하겠니."

지나는 허공에 펀치를 날리는 시늉을 했다. 맥주를 한 모금 넘기고 나는 키득거렸다. 지나가 세상의 불의에 흥분하는 모습은 사랑스럽다. 인생의 무게가 버거울 때 지나를 보고 있으면 무거움을 조금 덜어낼 수 있다.

지나는 비교적 평화롭게 살아왔다. 어린 시절 목욕탕 하수구에 오른쪽 발이 끼어 새끼발가락을 잃었다는 것만 빼면 순탄한 삶이었다. 수려한 외모에 모델처럼 키가 크고, 자상한 부모와 원만하게 지낸다. 학업 성적이 우수한 청소년기를 보냈고, 어려운 임용고시를 뚫고 자신의 어머니처럼 초등학교 교사가 되었다. 외적

조건들은 많은 이를 열광시키지만 지나의 진짜 매력은 수수한 삶을 산다는 데에 있다. 애완견 보호소에서 봉사 활동을 하고, 구호 단체에 기부를 한다. 에코백만을 들고 언제나 텀블러를 끼고 다닌다. 스물아홉의 나이에 물욕이라곤 없다. 여자들이 꿈꾸는 화려한 연애, 호사스런 식사나 여행, 명품 가방이나 구두, 그 모든 것들은 지나와 무관한 영역에 있었다. 지나가 몰두하는 것은 가치 있다고 믿는 것이지 유행이나 타인의 시선이 아니었다. 그것은 사랑받고 자란 사람의 자신감에서 비롯된다. 건강하고 성숙한 사람의 자신감은 반짝반짝 빛이 난다.

몇 개월 전, 남자친구의 양다리 행각을 발견했을 때 지나는 사과를 받고 깔끔하게 헤어졌다. 완전 개새끼야. 술을 마시며 욕을 퍼붓기는 했지만 그게 다였다. 질척거리거나 궁상을 떠는 일은 일어나지 않았다. 지나의 이면에 헤어진 남자친구를 잊지 못하는 속앓이가 있을까. 모를 일이다. 활달함 너머에 절망이나 우울함이 웅크리고 있을 수도 있다. 그러나 그것이 누군가를 죽여야 하는 절박함은 아닐 것이다.

지나처럼 살고 싶다는 강렬한 열망에 빠질 때가 있었다. 과거의 기억들을 착착 접어 던져버렸으면 좋겠다고. 지구의 환경을 걱정하고, 기아로 굶어 죽는 아이들을 염려하고, 북극곰의 위기에 공감하는 삶을 살고 싶었다. 자신의 문제로 전전긍긍하지 않는 인생은 얼마나 호사스러운가.

"근데 넌, 어쩌다 이렇게 씩씩한 캐릭터가 된 거지?"

나는 불현듯 물었다. 지나는 까르르 웃더니 맥주를 넘겼다.

"씩씩해 보이는 거겠지. 난 그러려고 노력해."

"씩씩하게 보이려고?"

"발가락을 잃었을 때, 내가 씩씩하게 웃는다고 엄마가 다행이라고 하더라. 사랑하는 사람에게 씩씩해 보이는 게 그 사람을 안심시킨다는 걸 알았지. 그때부터 만들어진 원칙 같은 거야."

"노력한다고 그렇게 될 수 있는 게 아닌데."

"노력하다 보니 그런 사람이 된 것도 같아. 그리고 말이야……."

지나는 조금 생각하는 듯하더니 입을 뗐다.

"중학생 때, 네 할머니가 나를 찾아온 적이 있어."

지나는 우리 집을 제집처럼 드나들었다. 그런데 할머니와 따로 밖에서 만났다는 말이었다.

"할머니가 나한테 너를 부탁한다고 하셨어. 너를 그냥 평범한 아이처럼 대해달라고. 너를 보통의 평범한 아이처럼 키우고 싶다고 하셨어. 특히 너는 씩씩한 구석이 없으니 좀 씩씩한 친구가 되어 달라면서. 할머니한테 그렇게 하겠다고 했어. 너무 진지하셨거든."

지나는 맥주를 획 들이켰다.

"할머니가 어디까지 얘기했어?"

"엄마가 일찍 돌아가신 거. 네가 정신과 치료를 오래 받은 거. 아마 당시에도 정신과에 다니고 있었을 거야. 나는 발가락 얘기를 해드렸어. 나도 온전하지 않은 인간이라고. 내게도 결핍이 있다고.

누구나 그렇게 사는 거라고 할머니를 안심시켜드렸어. 물론 엄마를 잃은 것과 발가락을 잃은 건 전혀 다른 얘기지만."

지나는 그런 노력을 기울이며 내 옆에 있었다. 내가 삶의 불행에 물들어 있는 동안 씩씩한 캐릭터를 유지하며 내 곁을 지켰다. 덕분에 내 삶의 균형이 이만큼이나 유지되었던 건지도 모른다. 할머니와 지나라는 건강한 사람들이 내 반대편에서 불행의 무게를 버텨준 것인지도. 마치 시소의 반대편에서 강한 힘으로 버텨 한쪽으로 쏠리는 것을 막아주듯이 말이다. 삶의 균형은 그런 식으로 만들어지는 것이라는 생각이 든다.

이제 나도 씩씩하게 살 거야. 놈을 죽였으니까. 나도 씩씩하게 살 수 있을 것 같아. 이제 정말 그럴 수 있을 것 같아. 마음껏 웃고, 먹고, 잘 수 있을 것 같다는 생각만으로 포만감이 느껴졌다.

"술이 달다."

내 말에 지나는 낄낄거리며 새 맥주캔을 땄다.

"그런데 왜 경찰들이 널 찾아온 거지?"

지나는 문득 생각난 듯 갸웃거렸다.

"내가 그놈을 죽였다고 의심했던 거지."

"풋, 그게 말이 되냐?"

"안 될 것도 없지. 죽이고 싶었던 건 사실이니까."

"그래도 넌 아니지. 넌 그런 인간이 아니잖아. 내가 알아."

지나가 알고 있는 나와 알지 못하는 나, 그 사이의 간극은 얼마나 깊은 것일까. 누군가 알고 있는 나와 알지 못하는 내가 있다면, 어디에 서 있는 내가 진짜 나일까. 그 간극을 오가는 내가 진짜 나일까. 서로를 안다고 말할 때, 그것은 결국 '보여지는 부분'을 안다는 말이다. 상대에게 '보여준 나'를 알고 있을 뿐이다. 지나는 살인자가 될 수 있는 나를 보지 못했다. 내가 보여준 적이 없으니.

"넌 지금까지 내 가면에 속은 거야. 원래 가까운 사람들이 속는 거거든."

"그래, 그렇다고 치자. 그런데 형사들이 널 어떻게 알고 찾아왔을까? 너네 엄마랑 그놈이 헤어진 게 언제 일인데."

중요한 것은 형사들이 들이닥쳐도 나를 의심할 만한 어떤 실마리도 건질 수 없다는 것이다.

"그러게. 열일을 하시더라고."

"어쩌면 단순 뺑소니가 아닐 수도 있지 않을까?"

"왜 그렇게 생각해?"

"나쁜 놈이었잖아. 나쁜 놈들은 쉽게 끝나지 않는단 말이지."

살인에서 중요한 또 한 가지는 끝까지 비밀을 유지하는 것이다. 범죄가 발각되는 이유 중 하나는 스스로 떠벌리기 때문이다. 성공했다고 믿으면 살인에 대해 발설하고 싶어 한다. 그것이 마치 대단한 영웅담이라도 되는 듯이. 살인이 성공하는 순간은 그 비밀을 안고 무덤에 가는 때다. 무덤에 묻히는 이야기만이 진짜 성공한 범죄다.

비밀 거래

　살인을 의뢰할 때는 몇 가지 더 신경을 써야 한다. 특히 신중해야 하는 부분은 비용 지불 문제다. 청부 살인에는 돈거래의 위험이 내재한다. 큰돈이 오가다 보면 그 흔적이 어떻게든 남게 마련이다. 비용 지불을 놓고 다툼이 생기는 경우도 흔하다. 당연한 얘기지만 통장 거래는 안 된다. 단서를 남기지 않으면서 동시에 돈을 떼이지도 말아야 한다. 이 문제는 각별히 주의를 기울여야 했다.

*

　연에게는 두 번에 걸쳐 살인 의뢰 비용을 지불했다. 연의 우편물을 받고 지정된 장소에 착수금을 전달했다. 착수금을 전달한 곳은 홍대 근처의 '아이보리'라는 이름의 카페였다. 나는 택배 상자에 돈을 넣어 테이프로 마감한 뒤, 주소를 적은 스티커를 붙여 카페로 갔다. 커피를 만들던 직원은 '연'이라는 수취인을 확인하고 고개를 끄덕였다. 이십대 초반으로 보이는 젊은 남자였는데 음료 주문을 받을 때처럼 표정이 없었다. 상자에 대해 어떤 관심도 없는 듯했다. 어찌 보면 심드렁한 표정 같기도 했다. 매일 배송되는 택배 하나를 더 받았다는 듯이.

연의 조직은 전문적으로 움직이고 있었다. 외관상 카페일 뿐인 곳이 살인 청부업자와의 거래 장소라는 것은 감탄스러웠다. 발리를 연상시키는 라탄 소재의 의자들과 조명이 놓인 카페 어디에도 비밀 거래가 이루어지는 흔적은 없었다. 평범함이 특별함을 품고 있으면 경이롭다. 조용하고 침착하게 이루어지는 일의 과정은 우아한 느낌마저 자아냈다. 묵직한 비밀을 품고 있으면서 호들갑을 떨지 않는 것은 꽤 믿음이 가는 일이다.

카페를 찾은 손님들의 목적은 뚜렷해 보였다. 그들은 카운터 앞에서 음료를 주문해서 테이블에 앉았다. 나도 라떼 한 잔을 사 들고 카페를 나섰다. 뒷맛이 조금 쓰지만 우유가 적절히 가미된 부드러운 라떼였다. 카페의 본분을 다하는 곳이다.

이제 살인이 성공했을 때의 잔금 지불이 남아 있었다. 인터넷에 청부살인에 대해 서치해보면 돈만 떼이는 경험담이 많았다. 물론 연의 경우 그런 추문은 없었다. 연은 착실하게 이기섭의 장례식 사진과 사망확인서를 보내왔다. 사진 속에서 이기섭의 아내가 빈소를 지키고 앉아 있었다. 여자의 얼굴은 또렷하지 않았지만, 이기섭의 영정 사진은 부정할 수 없이 망자가 누군지 보여주고 있었다. 나는 우편물을 개수대에서 하나씩 태웠다.

잔금 지불의 형식은 착수금과 동일했다. 우편물과 함께 전달된 주소로 가서 현찰이 든 상자를 건네고 왔다. '푸른 밤'이라는 개인 서재 감성을 담은 책방이었다. 서점과는 어울리지 않는 이름이라고 생각했다. 어떤 의미로 그런 이름을 간판에 걸었을까 생각하며 걷다가 길을 잃었다. 대형 카페 사이로 작은 입간판이 길목에 놓여 있었는데 눈에 띄지 않아서 구글맵을 들고 주위를 헤맸다. 가까스로 찾아 들어간 '푸른 밤'은 내부도 작았다. 여기저기 스탠드 조명이 켜져 있었고, 가운데에는 작은 테이블이 놓여 있었다. 의자에 앉으면 언제까지라도 책을 읽을 수 있을 것 같은 평화로움이 감돌았다. 카운터에 앉아 핸드폰을 들여다보던 긴 머리의 여자는 상자를 받아들고 살폈다.

"알겠습니다. 전달하겠습니다."

사무적이고 건조한 목소리였다. 상자의 정체를 알고 있는 것일까. 착수금을 받은 카페의 남자와 마찬가지로 도무지 가늠할 수 없는 태도였다. 상자를 카운터 아래에 던져놓고 여자는 다시 핸드폰에 집중했다. 그 상자가 어떤 의미를 담고 있는지 헤아릴 일 말의 호기심도 없는 듯했다. 카운터 아래에 놓여 있는 상자가 혹시나 분실되는 건 아닐까, 하는 잠깐의 우려가 나를 감쌌다. 엄중하게 다루어져야 할 상자는 홀대되었다. 그러나 그 표피의 무심함이 무시무시한 비밀을 잘 덮어주고 있었다.

책방을 나서려다가 다시 안쪽으로 들어가 책들을 둘러보았다. 책방에 왔으니 책을 사는 것도 나쁘지 않은 일이었다. 손님은 전혀 들어설 기미가 없었다. 굳게 닫힌 출입문은 내가 나설 때까지 열리지 않았다. 소설책들이 꽂혀 있는 책장 앞에서 제목을 훑다가 엘모어 레너드의 『럼펀치』를 빼 들고 카운터로 갔다. 긴 머리의 여자는 나를 힐끗 보더니 책의 바코드를 찍었다. 여전히 표정 없는 담백한 모습이었다.

늦은 밤까지 나는 『럼펀치』를 읽었다. 인터넷에서 검색하니 럼펀치는 신 것 하나, 달콤한 것 둘, 독한 것 셋, 약한 것 넷으로 구성되는 칵테일이었다. 보통 달콤한 것에는 파인애플주스, 크렌베리주스 등이 쓰이고, 독한 것에는 스파이스드 럼, 화이트 럼 등이 쓰인다. 복수의 맛을 칵테일로 제조한다면 럼펀치가 될 것이다. 책 속에서 럼펀치는 바하마에서 진행되는 비밀 거래를 뜻한다.

나의 '비밀 거래'도 그렇게 끝이 났다. 깨끗하게 씻긴 칵테일 잔처럼, 살인을 의뢰한 어떤 흔적도 남지 않았다. 책을 읽고 있자니, 이제 정말 모든 게 끝이라는 소회가 밀려들었다. 몇 년간 오직 놈을 죽이려는 생각으로 달려왔다. 그 종착점에서 범죄 소설인 『럼펀치』를 읽는 것은 묘한 우연이었다.

*

그러니까, 연에게서 다시 우편물이 왔을 때, 나는 혼돈 속에 던져진 상황이었다. 우편함을 열고 편지를 집어 드니 연이라는 이름이 눈에 띄었다. 책방에 가서 잔금을 지불했을 때 연과의 거래는 끝이 났을 텐데.

또 하나의 편지가 내 손에 들어왔다는 것은, 무언가 잘못되었거나 그럴 가능성이 있다는 징조였다. 우편물과 함께 불길함이 날아든 것이다. 엘리베이터 앞에서 편지를 뜯고 싶은 조바심으로 주변을 살폈다. 15층에서 1층으로 엘리베이터가 내려오는 사이 재빠르게 봉투를 찢었다.

— 착오가 있었습니다. 당신의 의뢰는 실패했습니다. 당신이 의뢰했던 대상이 교통사고로 죽었기 때문입니다. 당신에게 받은 수수료 중 일부를 돌려드리려 합니다. 4월 30일, 10시 교대역 '블랑' 카페에서 연을 찾는다고 하십시오.

단순하고 명쾌한 편지였다. 컴퓨터 워드 글자 크기 13포인트의 바탕체. 오타도 없고 철자법도 잘 지켜졌다. 의미를 이해하지 못할 만한 어려운 어휘가 쓰이지도 않았다. 깔끔한 문장에 마침표로 마무리한 글이었다. 하지만 글자들은 의미를 빚지 못하고 내게서 비껴나갔다. 편지는 그저 의문 가득한 괴문자들의 나열에 불과했다.

내가 이기섭을 무너뜨렸다고 생각했다. 놈의 세계를 인위적으로 닫아버리는 힘의 주체는 내가 되어야 했다. 나는 그의 삶과 죽음을 관장하는 데서 오는 쾌감을 갈망한 것이다. 나의 힘이 미치지 않은 죽음은 복수가 아니었다. 복수의 의미가 빛을 잃었다.

어쨌든 그 인간이 죽었다면 된 게 아닌가, 하는 생각은 위로가 되지 않았다. 놈이 살아 있다는 소식이 전해진 것처럼 미완의 복수는 나를 실망시켰다. 놈은 복수의 칼날을 비껴가는 운이 깃든 최후를 맞은 것이다.

연을 찾기까지 쉽지 않은 여정이었다. 나는 오랜 기간 인터넷을 뒤졌다. 돈만 주면 살인을 맡아줄 사람들은 얼마든지 있었다. 그러나 완전 범죄로 마무리되는 살인은 흔치 않았다. 연의 존재를 알게 되기까지 나는 온갖 카페를 뒤졌고, 낯선 이들에게 쪽지를 보냈다. 연은 그 업계에서 꽤 완벽한 인물로 알려져 있었지만 그 정체는 안개 속에 묻힌 듯 불분명했다. 그는 토마스 또는 게리라고 불리기도 했다. 그를 실제로 본 사람들조차 그의 외모에 대해 각자 다른 이야기를 쏟아냈다. 연이 이십대라는 사람이 있는가 하면 오십대라는 주장도 있었다. 실제로 내가 만난 연은 삼십대 후반 정도로 보였다. 누구도 연을 제대로 알지 못했다. 떠도는 얘기에 의하면 내가 만난 이가 연이 아닐 수도 있었다. 진짜 연은 모습을 드러내지 않는다고 했다. 마치 머나먼 전설 속 영웅의 이야기를 쫓는 것 같았다. 실제로 그의 이야기를 과장된 전설로 치부하는 사람들도 많았다. 연은 어디에도 존재하지 않으며 그것은 그저 히어로를 꿈꾸는 몇 명이 지어낸 판타지에 불과하다고. 한 가지만은 분명했다. 그에게 일을 맡기면 완벽한 범죄가 된다는 것. 그에게 맡긴 일은 뒤탈이 없다는 것. 그러나 연에게 의뢰를 하는 것이 또 쉽지 않았다. 연을 찾아내는 것도 쉬운 일이 아니었지만, 전설에 의하면 연은 자신이 원하는 일만을 했다. 의뢰 대상이 죽어 마땅한 놈이어야 한다는 조건이 붙었다. 연은 의뢰받은 목표물에 대해 까다롭게 검증했다. 죽여야 할 대상인지를 철저히 파헤치는 것이다. 의뢰 대상이 '쓰레기 빌런'으로 분류된 다음에야 작업에 착수했다. 이 부분이 내가 연에게 매료된 결정적 대목이었다. 어쨌거나 연에게 작업을 맡기는 건 결코 만만한 일이 아니었다.

까다로운 절차 덕분에 나 역시 연을 포기하고 싶기도 했다. 돈만 주면 놈에게 칼을 들이밀 인간을 찾아내는 일은 수월했다. 인터넷 검색을 시작하고 며칠 만에 킬러 세 명의 리스트를 작성했다. 전화번호가 담긴 리스트를 놓고 한동안 어떤 킬러를 선택해야 하는지 갈등했다. 손 닿을 곳에 놈을 죽일 킬러들이 있었다. 그들 중 한 명을 선택하는 일은, 조각 케이크를 고르는 것처럼 간단한 것이었다. 그러나 쉬운 살인은 쉽게 노출된다. 그것은 내가 놈을 죽이는 이유와 어긋났다. 놈이 죽고 내가 불행해진다면 그건 살인의 동기를 스스로 무너뜨리는 것이었다. 완전 범죄의 구성 요건을 갖추어야만 살인을 허락할 수 있었다. 전문가가 아니라면 시작도 하지 말아야 했다. 결국 신화 속 영웅을 쫓듯, 나는 연을 찾아 헤맸다.

형체가 없던 연의 윤곽이 드러났을 때, 그것은 연금술과도 같

44

왔다. 작은 실마리 하나만 믿고 다음 단계로 갔다가 허탕을 치기도 했고, 엉뚱한 곳에서 삽질을 하다가 되돌아오기도 했다. 연에게 살인을 의뢰해 성공했다는 한 여자에게서 쪽지를 받았는데 얼마 뒤 신용카드 대출 광고지가 답변으로 오기도 했다. '히든 킬러'라는 브로커가 연을 연결해줄 수 있다며 중개료 백만 원을 송금하라는 쪽지를 보내오기도 했다. 송금을 하지 않자 그 브로커는 연은 존재하지 않으며 다른 킬러를 알아봐 줄 수 있다고 다시 연락을 해왔다. 그러던 중 어린 시절 어머니가 살해당한 한 남자가 브라운이라는 킬러를 통해 복수에 성공했다는 후기를 커뮤니티에 올렸다. 브라운은 부동산 중개사무소를 운영하고 사무실은 신림에 있었다. 쪽지로 주소를 받아 중개사무소를 찾아갔을 때 그곳은 분식집이었다. 그즈음 연을 찾는 데 실패했다고 생각할 수밖에 없었다. 그런데 며칠 뒤 메일 주소가 적힌 쪽지가 날아들었다. 그 주소로 연을 찾는다는 메일을 보내고 몇 주가 지나 직업 훈련 안내 메일이 도착했다. 나는 이번에도 낚였다고 생각했고 욕설을 잔뜩 적은 쪽지를 보냈다. 얼마 뒤 연을 만나고 싶으면 사연과 이력서를 준비해 주어진 상담 시간에 상담소를 방문하라는 답변이 왔다.

그토록 어렵게 연을 찾은 이유는 그 완벽함에 대한 신뢰 때문이었다.

그런데, 연으로부터 실패했다는 편지가 날아들었다. 놈은 내가 의뢰한 살인 때문이 아니라 교통사고로 죽어버렸다. 공들인 살인

계획은 어처구니없는 이유로 망가졌다.

 1시가 넘은 시각, 간간이 도로에서 건너오는 자동차 소리가 고요를 빼앗는다. 나는 소파에 앉아 맥주 두 캔을 단숨에 비웠다. 놈이 진짜 죽기는 한 것인가. 놈은 대체 어떻게 죽은 것인가. 의심은 불안 증세의 대표적 징후다. 의심하기 때문에 불안해지고, 불안하기 때문에 의심한다. 의심과 불안은 서로의 먹이고 결과다. 나는 의심이 불안으로 번지고 불안이 다시 의심을 몰고 오는 악순환의 고리에 빠져들었다.

 거실 서랍을 열고 디아제팜 한 알을 꺼내 들었다가 개수대에 던져버렸다. 놈과 마주친 이후, 나는 한동안 끊었던 정신과 진료를 받았다. 치유되기를 바란 것이 아니라 신경안정제가 필요했기 때문이다. 짧은 정신과 상담은 처방전 써드릴 테니 약 잘 챙겨 먹으라는 의사의 관례적 인사로 종결된다. 술을 함께 마시면 안 된다는 경고가 따라올 때도 있다. 만성 두통이나 당뇨를 앓고 있는 환자처럼 처방전이 내 목적이고, 의사도 그것으로 의무를 다했다고 믿는 듯하다. 말하자면, 나를 치료할 수 있다고 생각하지 않는 것이다. 평생을 안고 가는 기저 질환이나 성인병처럼, 치료가 아니고 악화를 막는 것이 목적이다.

 금연이나 다이어트처럼 약물 의존도 요요 현상을 겪는다. 신경안정제로부터 멀어졌다가 되돌아가는 반복을 수없이 경험한다. 멀어졌던 깊이만큼 빠르게 돌아간다.

신경안정제는 감정의 기복을 줄여주는 작용을 한다. 극단적으로 불안해지거나 행복해지는 것을 완화해준다. 감정이 널뛰는 폭을 줄여주는 것이다. 감정이 중립적 영토에 놓일수록 안정적 상태가 되는 것은 사실이다. 대신 우울감이 줄어드는 만큼 행복감도 줄어든다. 손익계산서에서 그것은 제로가 아니라 마이너스였다. 플러스가 아닌 삶은 굳이 살 이유가 없으니까. 나는 주말을 이용해 템플 스테이나 명상 센터에 다니기도 했다. 그러나 템플 스테이는 주말마다 교통 체증을 뚫고 서울을 벗어나야 하는 버거운 일이었다. 1년 전에 다녔던 명상 센터는 '신비수'라는 심리적 안정에 드라마틱한 효과가 있다는 물을 판매하는 데 혈안이 되어 있었다. 나는 3개월 선 결제를 하고도 3주 만에 명상 수업을 포기했다. 이런저런 이유로 내 노력은 언제나 약으로 회귀했다. 그 악순환의 고리를 끊어야 한다.

*

다시 연의 사무실 앞에 섰다.

아침에 만난 경비 아저씨가 형사들이 찾아왔었다고 말했다. 경비 아저씨는 나를 기다린 듯 내 출근 시간에 맞춰 현관 입구에서 서성대고 있었다. 뜻밖의 소식을 전하고 싶어 하는 조바심이 느껴졌다. 무슨 일이 있어? 뺑소니 같은 거 친 거야? 그런 거 아니지? 형사가 뒤를 캐고 있다는 것만으로 경비 아저씨의 흥미를 자극한 듯했다. 형사는 내 차를 찾아다녔고, 관리사무소에 들러 CCTV 녹화 분을 모두 수거해 갔다. 살인 의뢰는 실패했는데 형사가 내 주위를 맴돌고 있었다. 나는 놈이 죽은 경위를 좀 더 알아야 했다. 연이라면 뺑소니에 대해 뭔가를 말해줄 수 있을지 몰랐다. 의뢰가 실패했다는 메시지를 보냈으니 구체적인 무언가를 손에 쥐고 있을 것이다.

그러나 상담소 문이 열렸을 때 내가 마주한 사람은 연이 아니었다. 그보다 젊은 남자였고 키가 컸다. 굵게 웨이브진 머리칼이 잘 손질되어 있었다.

"약속을 하고 오신 건 아니실 텐데. 어떻게 오셨나요?"

남자가 물었다.

"연을 만나러 왔는데요."

"제가 연인데, 어떤 일로?"

남자는 무심한 표정으로 나를 보았다.

"아, 아니, 제가 만난 연은…… 여기서 연을 찾으면 된다고 했는데."

"일단 들어오시죠. 뭔가 착오가 있으신 거 같은데."

이곳에 처음 찾아왔을 때, 눈이 내리고 있었다. 눈으로 뒤덮인 창은 은빛 실크 자락 같았다. 그것과 대조적으로 벽에는 야자수 그림이 걸려 있었다. 나는 실내로 들어서며 먼저 그 벽을 확인했다. 핑크색 벽 위에 야자수 그림이 있었다. 적어도 내가 여기에 왔던 것을 부정할 수는 없었다. 남자는 내게 의자에 앉으라 권했다.

"차나 커피?"

남자는 커피 메이커를 가리켰다. 그때와 같은 커피 메이커였다. 에어컨이 돌아가는지 실내 공기가 선선하다는 것과 연이라는 남자가 바뀐 것만 빼면 그날의 풍경과 같았다.

남자는 커피를 따라 내 앞에 밀어놓고 앉았다. 여전히 표정이 없었다.

"여기 왔었습니다. 몇 개월 전에. 그때 연을 만났는데, 그러니까 제가 만났던 그 연이라는 분을 만나고 싶은데……."

남자가 짧게 한숨을 쉬었다.

"죄송합니다. 제가 도와드릴 수 있는 일이 아닙니다. 어떤 분을 찾으시는지 모르겠네요."

"그때 연이라는 분이 제게서 의뢰를 받았는데……."

"어떤 의뢰인가요?"

놈을 죽이려 했다고 말해도 좋은가. 나는 말을 아꼈다.

"직업 소개 의뢰라면 얼마든지 저도 해드릴 수 있습니다. 헤드헌터 개념이죠. 저희는 고객 맞춤으로 만족하실 때까지 알아봐드립니다."

남자는 할 말을 다 했다는 표정으로 나를 건너다보았다. 카페와 책방에 택배 상자를 전달했을 때, 그곳 직원들도 비슷한 표정을 짓고 있었다. 무심하고 심드렁한 표정. 이 사람도 그 직원들과 별반 다르지 않은 피고용인인지도 몰랐다. 잠시 그 눈을 마주 보다가 일어섰다. 물러설 때를 알아야 한다. 그것이 내가 나를 방어

하는 방법이다. 실례했습니다, 라고 말하고 돌아섰다.

문 앞에 이르러 마지막으로 남자에게 물었다.

"제가 학원을 그만둘까 하는데 그럼 정식으로 다른 직장을 알아봐달라고 부탁드려도 될까요?"

"물론입니다. 정식으로 이력서를 보내주세요. 그럼 됩니다."

남자는 지갑에서 명함을 꺼내 내밀었다. 명함 위엔 '직업상담사 연'이라고 쓰여 있었다. '킬러 연'이라고 쓰여 있었더라도 나는 크게 놀라지 않았을 것이다. 오히려 직업상담사 연은 작위적인 냄새가 났다. 이름도 없는 직업상담사라니 평범한 명함은 아니었다.

"메일이든 우편이든 직접 찾아오시는 것이든, 다 가능합니다."

오피스텔을 벗어나자 머리가 조금 맑아졌다. 전철역이 가까워질수록 현실 감각이 되돌아왔다. 내가 만났던 연이, 연이 아닐 수도 있었다. 지금 만난 사람이 연일지도, 혹은 그 반대일지도 몰랐다. 인터넷에 떠도는 연에 대한 수많은 풍문이 왜 생긴 것인지 알 것 같았다. 연은 정체를 드러내지 않는다. 누가 연인지 알 길이 없다. 모두가 진짜 연이면서 연이 아니기도 하다. 서로에 대해 모르는 것이 범죄를 공모하는 가장 안전한 방법이다. 연의 완벽한 범죄는 이런 식으로 자신을 감추기 때문에 가능했을 것이다.

오늘의 목적

"오늘 낮에 형사가 다녀갔어."

잠깐 커피 마실래, 라고 경희가 물었다. 한 타임이 비는 시간이었다. 시간이 비었다고 해도 수업 준비로 한창 바쁜 참이었는데 경희는 내 커피까지 들고 성큼성큼 상담실로 들어갔다. 그러더니 다짜고짜 형사가 다녀갔다고 털어놓았다.

"정말 아무 일 없는 거지?"

나는 걱정 말라고 대답했다. 경찰이 다녀갈 수도 있다고 미리 일러둔 바여서 경희는 잘 대처했을 것이다. 먼 친척이 뺑소니로 죽었다고 경희에게는 말해두었다. 그녀에게는 뭔가를 꾸며내거나 거짓말이 필요한 상황이 아니었다. 팩트대로 전달하면 그만이었다.

"그날 함께 맥주 마신 거에 대해 묻더라. 최근에 자기 이상한 점은 없었는지도."

"풋."

"뭐야? 왜 웃어?"

"형사들이 너무 정석대로 하는 것 같아서."

경희가 사 온 커피를 나는 한 모금 들이켰다.

"근데 왜 자꾸 찾아온대?"

"모르지. 뭐가 궁금한 건지. 그치만, 우리가 그날 맥주 마신 건 팩트잖아. 괜히 쓸데없는 데 파는 거지."

"하기는 형사들 삽질은 알아줘야 돼."

놈의 죽음은 여전히 미심쩍었다. 뺑소니에 이렇게 계속 수사를 하는 이유가 뭘까? 단순 뺑소니가 아닐지도 모른다는 의구심이 일었다. 일이 꼬인 걸까. 아니면 제대로 된 걸까.

어제 카페 '블랑' 카운터에서 연을 찾는다고 했더니 큰 택배 상자 하나를 내주었다. 홍대 앞 카페와 비슷했다. 머리를 질끈 묶은 여자 직원은 딱딱하고 사무적이었다. 나는 꽤 무거운 상자를 옆구리에 끼고 시끄러운 카페를 빠져나왔다.

내가 지불했던 수임료의 90퍼센트가 상자에 담겨 있었다. 빳빳한 5만 원 신권이었다. 연이 놈을 처리했다면 그럴 리가 없었다. 연은 돈을 모두 챙기고 입을 씻을 수도 있었다. 오히려 그것이 자연스러운 결과로 보였고 그렇게 했더라도 내가 할 수 있는 일은 없었다. 연에게 돈을 지불한 흔적 따위는 어디에도 없고 놈은 죽었으니까. 그런데도 연은 마치 룰을 지키겠다는 듯 수임료를 돌려주는 것으로 일을 마무리했다.

3년 전, 놈을 죽여야겠다고 생각한 이후 현금을 모으기 시작했다. 그동안 모아둔 적금을 찾아 두었고, 월급도 꼬박꼬박 현금으로 뽑아 보관했다. 치밀한 범죄는 무엇보다 장기간의 노력이 필요하다. 특히 목돈을 움직이는 일을 우습게 보면 안 된다. 그런 일에서 꼬리를 잡히는 일도 흔하다. 연에게 수임료를 지불하기 전, 돈만 떼일 수도 있다는 걱정도 있었지만 나는 그것을 감수할 작정으로 돈을 던졌다. 때문에 실패를 드러내고 수임료를 돌려준 연의 정직함은 경탄스러울 수밖에 없다. 상도를 지킨 부분은 놀랍지만 중요한 것은 살인에 실패했다는 점이었다. 연이 실패했는데도 불구하고 나는 뺑소니 용의자가 되어 있는 형국이었다. 이 기묘한 상황은 어딘지 꺼림칙했다.

"강 샘, 정말 무슨 일 있는 거야?"

"응?"

"몇 번을 불러도 몰라."

"아냐, 아냐."

"오늘도 원장한테 한 소리 들었지? 자기 정말 왜 그래?"

경희는 미간에 주름을 잡고 있었다.

"영어 박 샘, 그만둔다는 얘기는 들었어?"

"그래? 처음 듣는데."

"원장이 새 강사 스카우트했대. 박 샘이 먼저 옮기는 건 줄 알았는데, 사실 잘린 거지. 오늘 영어 최 샘한테 들었어. 강 샘도 그냥 잔소리네 하지 말고 몸 사려."

경희는 갑작스럽게 목소리를 한껏 낮췄다.

"원장이 물갈이한다고 벼르고 있대."

"하려면 하라지."

"모아둔 돈이라도 있나? 이 자신감은 뭐지?"

연에게서 돌려받은 돈이 떠올랐다. 다 때려치우고 여행이나 갈까? 그 돈이면 몇 달은 세상 여기저기 돌아다닐 수도 있었다. 강사 생활도 지긋지긋했다. 후두염을 달고 살고 정맥 순환 장애에 시달린다. 발목이 동치미 무처럼 팅팅 부어오르는. 지겨운 이 생활을 견딘 건 오직 평범하게 사는 것처럼 보이기 위해서였다. 그 것이 할머니를 안심시키는 길이었다. 몇 년 전부터는 놈을 죽이 기 위한 목돈 마련이 목적이었는데 이제 그 목적도 사라졌다. 시골에서 농사나 지으며 사는 것도 나쁘지 않다. 미련을 가지는 것은 애정의 기억 때문이다. 나는 세상에 대해 그런 기억을 품고 있지 않다. 지금 당장 사표를 쓰고 어딘가로 훌쩍 떠난다 해도 아쉬울 게 없다.

경희는 나와는 다른 지점에 서 있는 강사였다. 그녀는 EBS에 입성하고, 마지막엔 강남에 과학 학원을 세우는 게 목표였다. 대부분의 강사들은 똑같은 프레임의 꿈을 꾼다. 경희는 지금 일타강사가 되는 길의 바닥을 닦고 있는 셈이다. 대학 때 생긴 대출을 갚고, 아파트 경비를 하는 아버지로부터 독립했다. 경희는 그 팍팍한 과정을 줄넘기를 하듯 폴짝폴짝 뛰어넘었다. 대출이 나를 여기까지 오게 했어, 대출이 내 삶의 원동력이고 촉진제야, 일어나기 싫을 때는 전세 대출금이 빠져나가는 생각을 해, 그러면 저절로 눈이 떠져, 생계형 강사가 그렇지 뭐. 경희는 네 시간만 자면서 완벽하게 수업 준비를 하고 퀄리티 높은 교재를 내놓는다. 수강생들이 팬클럽을 만들 정도다. 팬덤은 일타 강사의 필수 요건이다. 외모 관리도 철저해서 사각턱 보톡스를 맞고, 일주일에 한 번씩 예약제 미용실에서 머리를 다듬는다. SNS의 팔로워들이 날마다 수십 명씩 늘어나고 있다.

그 모든 안간힘이 때로 안쓰럽다. 시뻘건 눈으로 교재를 들여다보는 것을 보면, 이제 그만하라고, 이제 좀 쉬어야 하지 않느냐고 말하고 싶다. 삶에서 무언가를 향해 나아가는 일이 얼마나 고단한 일인지, 그 무언가를 위해 현재를 버티는 것이 얼마나 피로한 일인지 나는 잘 알기 때문이다. '목적'이 있는 삶은 알차지만 고되다. 목적에 묶이면 다른 부분은 암흑이 된다. 미래 속으로 현재를 구겨 넣어야 한다. 버티고 있다는 점에서, 우리는 모두 같은 인간들이었다.

악의 귀환

    학원을 그만둘까 생각하는 시점이었다. 경희 말대로 원장은 몇몇 선생을 자르고 새로 들였다. 책임감 없이 더 이상 버티기는 어려웠다. 그날도 그런 생각으로 엘리베이터를 타고 로비로 내려갔다.

    고등학교 1학년 상하는 수업이 끝나고 나를 기다리고 있었다. 정확히 나를 기다리고 있었다고 할 수는 없다. 로비 의자에 멍하니 앉아 있다가 내가 지나치는 것을 목격하고 말을 걸어왔을 뿐이다.

    상하는 요즘 수업 시간에 창밖을 보곤 했다. 검은 시트지가 붙어 있어 보이지도 않는 창밖을 향해 시선이 꽂혀 있었다. 성적도 우수하고 착실한 아이다. 그런 아이가 수업에 흥미를 잃은 건 고민이 있다는 얘기다. 익숙한 틀을 벗어나는 것은 그 틀을 무너뜨리는 사건이 개입할 때뿐이다. 아이들의 얼굴은 감정을 쉽게 드러낸다. 보려고 하지 않아도 보인다.

지나였다면 그들을 붙들고 앉아 고민 상담에 뛰어들었을 것이다. 나는 내가 할 수 있는 것 이상은 하지 않는다. 그러나 상하의 얼굴에서 내가 읽은 것은 고민 그 너머의 것이었다. 불길한 기운을 읽어내는 나의 촉이 발동했다. 나와 같은 사람을 알아보는 것이다. 나는 상하를 데리고 학원 옆 카페로 향했다.

"선생님한테만 말해도 될까요?"

나는 조용히 듣고 있었다. 상하를 향해 몸을 기울인 채.

"제가 아르바이트를 하면서 학원에 다녀요……."

학원에 다녀요, 까지 말해놓고 상하는 아무 말도 하지 않았다. 나는 차분하게 기다렸다.

"아니에요, 선생님. 아무것도 아니에요."

상하는 겨우 꺼내려던 말을 다시 집어넣었다. 아이가 불덩이를 다시 삼킨 것 같아 걱정스러웠다. 깊은 곳 어딘가에서 건져 올려야 하는 말이 얼마나 어려운지 나는 안다.

"혹시 돈이 필요하니?"

아르바이트를 한다는 말 때문에 나는 물었다.

"아니, 아니에요. 그건."

상하의 어깨가 깊이 말려들었다. 입은 다시 닫혔고 손톱으로 손톱을 뜯고만 있었다.

"말하지 않아도 돼. 네가 편한 대로 해. 근데 정말로 네가 편해지는 길로 가야 해. 말을 하지 않은 채 네가 힘들다면 그건 옳은 선택이 아닐 수도 있어. 너에게 일어난 일은 너밖에 몰라. 네가 말하지 않으면 누구도 널 도울 수 없어. 도울 준비가 된 사람들이 아주 많아. 가벼운 일이든 무거운 일이든. 네가 필요하다면 나는 언제든 너를 도울 거야. 게다가 너도 알다시피 나는 별 볼 일 없는 강사라 시간이 많이 나거든."

언젠가 정신과 의사가 나에게 했던 말이다. 나는 그 말들을 더듬더듬 찾아내 상하에게 건넸다. 사실 정신과 의사는 더 그럴듯하게 말했을지도 모른다. 기억이 잘리고 깎여나가 이렇게 남았을 뿐이다.

"알았어요. 말하고 싶으면 할게요."

상하는 괜찮다는 듯 가방을 메고 일어났다. 아직 해야 할 말을 남겨놓은 채였다. 그러나 상하를 재촉하거나 다그칠 수는 없었다.

"상하야, 잠깐만."

상하를 불러놓고 카페 카운터로 가서 케이크 세 조각을 골랐다.

"달달한 걸 먹으면 힘이 좀 나거든. 기운 내."

상하는 잠깐 인상을 쓰는 듯하더니 케이크 상자를 꽉 쥐고 휙 돌아서 가버렸다. 어깨를 웅크린 뒷모습이었다. 뒤를 따라가 무슨 일이냐고 캐물어 고민을 덜어주고 싶었다. 그러나 상하가 멀어지도록 내버려두었다. 상하의 뒷모습은 말하고 싶지 않다는 의지를 보여주는 것만 같았다. 아직은 때가 아니다. 억지로 말을 끄집어내려는 것도 상처가 될 때가 있다.

좋은 선생이 되기를 바란 적은 없다. 학원 강사가 되겠다고 이력서를 넣었을 때 그런 의도도 계획도 갖지 않았다. 학원 강사이니 학생들의 태도나 복장이 어떻든지 신경 쓸 필요가 없었다. 훈계나 생활 지도는 내 몫이 아니었다. 학생들의 아픔을 케어하는 일도 내 역할 너머에 있었다. 놈이 죽지 않았다면, 나는 상하를 걱정하지 않았을 것이다. 타인의 고통을 들여다보는 건 누구나 할 수 있는 게 아니다. 자신의 고통에 매몰된 인생은 타인을 돌아보지 못한다. 나의 고통 너머를 보는 삶. 이제 달라진 삶을 살 수 있다는 징조를 읽는다. 나는 나 자신으로부터 벗어나고 있었다.

*

좁은 주차장에 가까스로 차를 세우고 자갈이 깔린 마당을 가로질러 무거운 갈색 문을 당겼다. 그곳은 상하가 일하는 카페였다. 나는 곧장 카운터가 있는 중앙을 향해 걸어갔다. 상하는 주문을 받으려다가 놀란 눈으로 나를 바라보았다.

상하가 말없이 가버린 다음 날, 나는 상하의 친구 영주를 상담실로 불렀다. 영주와 한동안 이야기를 나눈 뒤 나는 그대로 상담실에 앉아 있었다. 먼저 상담실을 나서며 영주는 선생님, 괜찮으세요, 라고 걱정스럽게 물었다. 괜찮다고 대답하는 내 목소리는 희미했다. 혼자 남겨진 상담실에서 맞은편 벽면을 오랫동안 건너다보았다. 강사 프로필이 붙어 있는 벽면이었다. 나는 수학 강

사 박민우의 프로필을 뜯어내 쓰레기통에 쑤셔 넣고 상담실을
나왔다.

박민우는 S대 졸업을 무기로 현재 이 바닥에서 어마어마한 파
워를 행사하고 있다. 강남의 고등부 학원에도 출강하는 일타 강
사다. 박민우의 수업이 개강하면 학생들은 좋은 자리를 차지하기
위해 새벽부터 줄을 선다. 학원가에는 박민우를 영입하려는 작업
이 치열하다. 박민우에게 남은 고민은 언제 자신의 이름으로 학
원을 세우느냐, 하는 정도일 것이다. 그 시기가 임박했다는 소문
이 돌고 있었다. 일찌감치 결혼해서 아이도 있는 사람이다. 일과
가정 모두 손에 쥐었다는 점에서 이 세계의 롤모델로 거론되기도
했다.

같은 강사지만 속한 세계가 달랐다. 그러나 마주치면 박민우는
내게도 인사를 건네왔다. 친분은 없었지만 인사를 나누는 데 인
색하지 않았다. 젠틀하다는 게 지인들의 평이었다.

그런 박민우의 이면을 쉽게 믿을 수 없는 건 당연한 일이었다.
박민우가 상하를 성폭행한다는 이야기를 듣고 나는 벽에 붙은 프
로필 속 그 박민우인지 여러 번 되물었다. 믿기지 않으니 충격도
더디게 왔다.

박민우의 얘기를 듣고 있었지만 이내 머릿속을 채운 건 놈의
얼굴이었다. 놈은 죽었다. 그런데 놈을 다시 마주한 기분이었다.
놈은 좀비처럼 되살아나 주변을 어슬렁거리고 있었다. 놈이 죽었
을 때 기껏해야 세상의 무수한 악 중 하나가 쓰러졌을 뿐이다. 히

어로 영화에서 악당들은 쉽게 끝나지 않는다. 죽음을 뛰어넘어 끈질기게 되살아난다. 더 무섭게 몸집을 불리고, 더 잔혹한 무기를 장착하고, 한층 업그레이드된 능력으로 돌아온다. 그야말로 박민우는 최신 병기를 장착한 이기섭의 확장판이었다. 악의 자리는 다시 악이 채운다. 놈은 나를 조롱하며 세상이 달라지지 않는다는 것을 깨닫게 하려는 것 같았다.

카페가 문을 닫을 즈음, 상하는 앞치마와 모자를 벗고 내게 다가왔다.

"주말인데 여기까지 웬일이세요?"

"커피도 마시고 너도 보려고."

"제가 저번에……."

상하는 고개를 떨어뜨렸다.

"오늘은 내 얘기를 하러 온 거야. 선생님의 얘기를 들어줄 수 있겠니? 이야기를 들어주는 것도 돈을 받는 시대지만, 무료로 들어줄래?"

가끔 타인에 의해 앞으로 나아가는 순간을 맞이한다. 나는 상처를 꺼내놓을 수 있는 시간 앞에 서 있었다. 이번에는 때를 놓치지 말고 갇혀버린 언어를 풀어줘야 했다. 열 살 아이도 끔찍한 일을 당했지, 라고 이야기를 시작했다. 잠겨 있던 빗장이 풀리고 상처의 언어들이 밖으로 밀려나왔다. 기억의 어둠을 가로질러 과거가 떠올랐다. 상하는 여전히 굳은 입매로 앉아 있었다. 손톱으로 손톱을 뜯어내는 동작만 되풀이했다. 깨질 것 같지 않은 침묵이 한동안 이어졌다.

"그 사람을 죽이고 싶어요."

상하의 목소리가 속삭였다.

"우리 죽이지는 말고 할 수 있는 걸 하자."

"죽이는 거 말고 다른 건 다 싫은데."

"그럼 죽일까?"

불행은 삶의 방향 감각을 흐트러트린다. 어디로 가야 하는지 도무지 보이지 않는다. 가야 할 길도 가고 싶지 않은 길도 흐릿해지고 지워진다. 그러나 한 가지는 분명하다. 상처를 미래로 끌고 가지 않으려면 여기서 끝내야 한다.

그때 놈이 대가를 치르는 방식을 택했다면 좋았을 것이다. 신고도 소송도 없이 끝내지 말았어야 했다. 엄마가 강경하게 그 일을 마무리 지었다면 내 현재는 달라졌을지도 모른다. 결국 그 일은 내게 풀어야 할 과제로 남았다. 현재는 오롯이 현재만의 것이 아니다. 과거의 순간순간이 현재로 오고 미래로 간다. 과거가 과거로써 남으려면 제대로 된 끝을 봐야 한다. 그러기 위해 가장 중요한 것은 때를 놓치지 않는 매듭이다. 적정한 매듭이 지어진 과거만이 과거로 남는다. 그것이 상하가 훗날 나와 같은 미래를 가지지 않는 길이다. 한동안 말이 없자 상하가 선생님, 하고 불렀다.

원장은 내 이야기를 듣고 그럴 리가 없다고 잘라 말했다.

"요즘 너도 나도 성추행당했다, 성폭행당했다 하니까 이제 우리 학생까지 그러는데, 말이 됩니까? 우리 박민우 샘이 그랬다는 게?"

오십이 넘은 원장은 오로지 학원 일에 전념하며 살아온 여자다. 수학 강사로 시작해 제법 규모가 있는 종합 학원 원장으로 자리를 굳혔다. 날카로운 눈매로 나를 노려보는 얼굴에는 정말로 믿을 수 없다는 의지가 담겼다. 학원 명성에 흠집을 내는 어떤 것도 듣지 않겠다는 의지였다. 학원 강사의 성범죄가 어떤 파장을 불러올지 금세 계산이 될 것이다. 학원에 대한 자부심이 강한 원장이니 예상한 반응이었다.

"요즘 뉴스에서 떠들어대는 그런 성추행 피해자니 뭐니 하는 얘기들 반이 거짓일 겁니다. 애인으로 지내다가 마음이 틀어지면 그냥 성폭행당했네, 하는 그런 경우도 많죠. 뻔하죠, 상하도 먼저 무슨 실마리를……."

"그렇게 말씀하지 마세요. 이제 고작 고1입니다."

"일단 본인 얘기를 들어보죠."

"본인이라면?"

"박 샘의 얘기요."

"상하의 얘기는 확실해 보입니다. 학원비를 대신 내주겠다고 접근했고 술을 먹이고 벌인 일입니다. 지금 성폭력 상담소에 신고가 된 상황입니다."

"아, 강 샘 좀 성급하네. 상하 그 아이, 아르바이트하면서 학원에 다닌다는 거죠? 요즘 애들은 워낙 맹랑해서, 혹시 돈을 목적으로……."

"거기까지만 듣겠습니다."

"강 샘, 혹시 이런 일에 피해 의식이 있는 거 아닙니까?"

나는 입을 다물었다.

"강 샘이 나설 일이 아니잖아요? 이렇게까지 적극적으로 구는 거, 강 샘의 피해 의식 아니에요?"

원장의 반격은 노련했다. 원장은 사람을 읽어내는 데 재주가 있었다. 이런 순간 발끈하면 피해 의식을 인정하는 꼴이 된다.

대학에 다니던 시절, 동기 여학생이 교수로부터 성추행을 당한 적이 있었다. 몇몇 학생들은 그 사건을 공론화하고 학교 측에 교수의 파면을 요구했다. 그때 아무런 목소리도 내지 않던 내게 동기들의 비난이 이어졌다. 같은 여자로서 너무 무심한 거 아니냐, 피해를 입지 않았다고 외면해도 되느냐 등등의 얘기가 여기저기서 들렸다. 당시 내가 입을 다물어버린 이유는 그 사건이 내 이야기로 읽혔기 때문이다. 내 안의 열 살 아이가 튀어나와 두려움에 떨고 있었다. 그러나 이번에는 정면으로 돌파하겠다는 생각을 했다. 삶이 내게 그런 기회를 주고 있는 것인지도 몰랐다.

"상하와 경찰서에도 갈 예정입니다."

원장이 자리에서 벌떡 일어났다.

"이봐 강 샘, 이 바닥 알잖아? 악의적 소문이야 얼마든지 있을 수 있지. 아직 확정된 얘기도 아닌데 왜 이렇게 앞서가?"

"신고를 해야 확정이든 뭐든 되겠죠."

분노를 드러내는 건 불리하다. 흐트러지지 않고 침착하게 뚫고 가야 한다.

상하의 싸움이 쉽지 않을 것이라고 직감했다. 언제부턴가 보지 않아도 알 수 있는 것들이 생겨버렸다. 어쩌면 상하는 상처만 입은 채 소득 없이 물러날지도 모른다. 이런 싸움에서 피해자는 얻는 것이 있어도 결국 마이너스다. 지금의 내가 그러하듯. 게다가 박민우의 저항은 독하고 매서울 것이다. 잃을 것이 많은 쪽이 더 강한 법이다. 뻔한 세상을 살다 보니 뻔한 예감이 든다.

적정 온도

　구불구불한 소나무 숲길을 따라 계속 올라갔다. 차는 부드럽게 커브를 돌며 천천히 움직였다. 기다란 소나무들이 평행선을 그리며 양쪽으로 늘어선 도로가 한동안 이어졌다. 마침내 언덕길을 오른 차는 통유리와 하얀 벽으로 마감한 펜션 건물 앞에 멈추었다. 머나먼 대서양에서부터 흘러와 절벽에 다다른 서해를 굽어보는 자리에 펜션이 서 있었다. 뒤로는 울창한 소나무 숲이 호위 무사들처럼 에워싸고 있었다.

　며칠 전 할머니는 여행지를 알아봐달라고 부탁했다. 할머니가 여행을 가자고 한 것은 처음이었다. 나는 그날로 여러 사이트를 뒤적여 바다가 보이는 펜션을 예약했다. 가끔 할머니와 서울 근교로 드라이브한 적은 있었다. 명소로 알려진 관광지를 산책하듯 걷다가 카페로 가서 몇 시간씩 앉아 있는 여행이었다. 할머니는 어디든 십자수 재료들이 든 큰 캔버스 가방을 들고 다녔다. 전망이 좋은 카페에 자리를 잡으면 이내 십자수를 놓기 시작했다. 취미는 때로 강렬하게 삶을 지배한다. 이번 여행에서도 할머니는 십자수 재료가 든 가방을 손에 꼭 쥐고 있었다.

햇살을 가로질러 바람이 불었다. 바람은 적당한 얼음을 갈아 넣은 듯 시원했고, 햇빛을 받은 바다는 수많은 플래시가 터지듯 반짝였다. 무작위로 뿌려놓은 부스러기들처럼 크고 작은 섬들이 바다 위에 떠 있었다. 작은 섬들 위로 소나무가 씩씩하게 뻗어 올라와 있었다. 할머니는 절벽 가장자리에서 바다를 굽어보았다. 나는 할머니 곁으로 다가가 십자수 가방을 받아 들었다. 펜션 오른쪽으로 난 나무 계단에 관리동이라는 팻말이 보였다. 관리동 아래쪽으로도 몇 채의 펜션 건물이 더 있었다. 나는 관리동에서 입퇴실 시간에 대한 안내를 받은 뒤 직원과 함께 펜션 앞으로 돌아왔다.

"좋구나, 잘 왔어."

할머니는 표정도 없이 중얼거렸다. 집에서 수만 놓던 할머니에게는 분명 기분 전환이 될 만한 풍광이었다.

에어컨이 돌고 있는 실내에 짐을 풀고 커피를 내렸다. 할머니는 펜션 내부를 한 바퀴 둘러본 뒤 걸치고 있던 카디건을 소파에 던져놓았다. 그러고는 바다가 내려다보이는 테라스에 앉아 수를 놓기 시작했다. 테라스 위로 커다란 차양이 드리워져 해를 넉넉히 막아주었다. 바다는 만조에 가깝게 꽉 차 있었다. 방해받지 않는 시야는 자유롭게 수평선까지 가닿았다. 물의 저항을 고요히 뚫고 나아가는 한 선박 뒤로 하얗고 긴 물보라의 여운이 남았다. 바다를 배경으로 수를 놓는 할머니의 풍경은 오랜 시간 내가 꿈꾸어온 평온함을 품고 있었다. 삶이 우연처럼 균형을 찾아주는 순간이 있다. 한끝을 버텨내면 다른 한끝을 내어주기도 한다. 나는 기나긴 전쟁에서 돌아와 안온한 노년을 맞은 기분이 되었다. 그것으로 충분히, 먼 길을 달려온 피로가 씻겼다.

바다는 시시각각 몸의 빛깔을 바꿨다. 햇살이 누울수록 은빛길이 선명하게 바다를 갈랐다. 테라스에도 햇살이 길게 드리워서 우리는 뒤로 물러나 앉아야 했다. 자리를 옮겨 앉는 수고를 몇 번 이어가면서도 할머니는 안정적 손놀림으로 경쾌하게 십자수를 놓았다. 간간이 동그랗게 말았던 허리를 펴고 바다를 굽어보기는 했지만, 이내 다시 십자수를 집어 들었다. 할머니가 아직 정정하다는 생각이 들었다. 어디에서 저런 열정이 샘솟는 것인지 미스터리했다.

바다 너머로 해가 떨어지자 하늘은 붉은 여운을 토해냈다. 어둠과 빛이 서로를 섞는 푸른 공기 위로 석양이 번졌다. 세탁물의 이염처럼 구름은 부분부분 붉게 물들었다. 나의 내부는 붉은 기운 한 조각이 깃든 것처럼 따뜻해졌다.

"이제 슬슬 저녁을 만들어볼까?"

할머니는 테라스 의자에서 일어나며 말했다.

나는 냉장고에 넣어둔 한우 등심과 쌈 채소를 꺼냈다. 저녁으로 충분한 양이었지만 할머니는 수제비를 만들겠다고 고집을 피웠다. 준비해온 몇 가지 재료들을 끄집어낸 할머니는 특유의 빠른 몸놀림으로 육수를 끓이고 반죽을 시작했다. 구수한 멸치 냄새가 금방 퍼졌다. 이번에도 할머니의 육수는 내 식욕을 돋운다. 한 상이 푸짐하게 차려졌다.

"이 할미는 너랑 밥 먹는 순간이 제일 좋다."

할머니는 젓가락질을 멈추고 갑작스럽게 말했다.

"이렇게 마주 앉아 밥을 먹는 게 행복해."

"십자수를 놓는 순간이 아니고?"

"무슨 소리. 지금처럼 손녀랑 밥 같이 먹는 순간이 최고지."

할머니도 나와 비슷한 온기를 느끼고 있는 듯했다. 각지고 뾰족한 감정들이 녹아내리는 온기다.

"미안해. 내가 더 할머니를 챙겼어야 했는데."

"그래 이놈아, 자주 찾아오고 그럼 좀 좋니?"

할머니는 평상시와 다르게 투정 어린 목소리로 말했다.

"노력할게."

"말로만 그러지."

"오늘 잔소리 대마왕이 되기로 한 건가. 이젠 정말 잘할 거야."

나는 할머니와 좋은 여행지에 더 많이 가겠다고 덧붙였다. 그동안 할머니는 나에게서 거리감을 느꼈을 것이다. 감추는 것이 많으면 누군가에게 가까이 가지 못한다. 거리를 두는 것으로 나는 내 삶의 이면을 들키지 않으려 했다.

적정 온도에 대해 생각해본 적이 있다. 외부 세계의 물리적 온도가 아니라, 사람마다 각자 내면의 온도 같은 것이 있다. 놈의 기억을 안고 살아온 나는 제대로 된 삶의 온도 속에 있던 적이 없다. 봄날 꽃샘추위를 뚫고 햇볕이 따뜻하게 스며도, 청명한 가을날 살갗에 신선한 공기가 닿아도, 내 온도는 그 외부 세계를 따라가지 못했다. 날씨나 계절과 어긋난 내 삶의 온도는 영하의 한 지점을 가리키고 있었다. 이제 살아가는 데 적정 온도를 갖게 될 것이다. 마음을 웅크리지 않아도 되는 정도의 온도.

저녁을 먹고 할머니는 산책을 나섰다. 나는 몇 걸음 뒤에서 조용히 따라갔다. 느릿느릿, 소나무 숲 가장자리로 난 산책로를 걸었다. 소나무 숲은 어둠과 한 몸이 되어 테두리를 숨기고 있었다. 산책로를 따라 어둠에 저항하듯 작고 여린 불빛들이 반짝였다. 관리동 쪽에서도 작은 전구들이 벨벳 위의 다이아몬드처럼 빛났다.

문득 할머니가 걸음을 멈추었다. 할머니 뒤에서 조용히 걷던 내 발걸음도 따라 정지했다. 무슨 일이냐고 물으려던 순간, 나는 몇 걸음 앞에 사람의 실루엣 하나를 목격했다. 바다를 등지고 선 누군가 우리를 응시하고 있었다. 그가 이쪽을 향해 몇 발자국 움직였다. 펜션에서 쏟아지는 빛이 어둠을 가로질러 그의 얼굴 위로 부드럽게 떨어졌다. 둥그런 빛 속에서 그의 얼굴 윤곽이 조금 드러났다. 나는 그가 누구인지 알 것 같았다.

"할머니, 먼저 들어가 있어."

"아는 사람이니? 인사시켜 주지 않을래?"

"그럴 만한 사람은 아냐."

할머니는 그와 나를 번갈아 보았다. 그는 허리를 깊이 숙여 할머니에게 인사했다. 나는 할머니의 등을 떠밀어 안으로 들여보냈다. 할머니는 멈칫거리다가 빛이 쏟아지는 펜션을 향해 돌아섰다.

사람이 사람을 알아보는 것은 신비로운 일이다. 때로는 뒷모습만으로, 때로는 손짓만으로, 때로는 목소리만으로 누군가를 알아본다. 과거의 순간이 무의식의 깊은 곳에서 밀려 올라온다. 마치 버튼을 누르면 지하 깊숙한 곳에 있던 엘리베이터가 웅웅 소리를 내며 끌려 올라오듯이. 작은 흔적만 갖고도 우리의 뇌는 깊이 저장된 기억의 회로를 따라 들어가 그 사람을 찾아온다.

"오랜만이네."

내 목소리가 공기를 갈랐다.

"여긴 어떻게 왔어?"

"아, 나는 저 아래 펜션에 묵어. 아까 관리동 앞에 왔을 때 멀리서 봤어. 맞는지 확인하고 싶어서, 산책 나온 김에……."

"아, 그렇구나."

아주 우연히, 여기까지 왔다는 말이었다. 놀랍지만 살다보면 그럴 수도 있다고 생각했다. 우연은 가끔 삶에 개입할 때가 있다. 우연이 우연을 넘어 더 깊은 곳으로 나아가기도 한다. 이기섭과의 만남 이후, 삶이 그런 것이라는 것을 깨달았다. 말도 안 되는 것 같은 일들이 우연적으로 일어난다. 그 우연을 확장하고 발전시키는 것은 인간의 선택에 달려 있다. 그것을 운명으로 받아들이기 위해 우연에 살을 붙이고 장식을 하는 것은 인간이다. 하지만 우연이 아니라, 그가 스토커처럼 내 뒤를 밟았다고 해도 놀랍지 않았다. 놈의 뒤를 캐고 놈을 죽이기 위해 사람을 사는 그런 일들을 치르고 나니 준이 스토커라고 해도 대수롭지 않았다. 그가 어떻게 왔든, 이 만남을 우연에 불과하도록 만드는 것은 내게 달려 있었다. 우연에 뭔가를 덧보태지만 않으면 된다.

"잘 지내지?"

"응."

"그래. 다행이다."

그의 목소리는 놀랍도록 차분했다.

류준, 대학 시절 친구로 지내다가 사귀게 된 남자다. 그가 사귀자고 말했지만 나는 친구 이상으로 나아가길 원하지 않았다. 누군가를 사랑하는 일을 해낼 수 있을까. 버석거리는 마른 마음에는 사랑이 자라지 않는다. 사랑도 싹트고 자랄 수 있는 토양이 있어야 한다. 내 안에는 먼지 바람 이는 황폐한 땅뿐이었다.

소나기가 온 어느 날, 도서관 앞에서 그는 우산을 들고 나를 기다리고 있었다. 세차게 퍼붓는 소나기를 배경으로 서 있는 그를 보자, 내 마음의 무언가가 움직이는 듯했다. 영혼의 한 부분이 그를 향해 기울어진 것 같았다. 사랑할 수 있을 것 같다고 그에게 말했다. 그 기울어짐이 사랑의 가능성이라고 생각했다.

우리는 몇 달 동안 맛집을 찾아다니고 영화관을 드나들었다.

서점에서 함께 책을 고르고 카페에서 오랫동안 얘기를 나누기도 했다. 그런 일상적인 데이트를 이어갈수록 내 안에서는 두려움이 뾰족해지고 있었다. 송곳처럼 날카로워진 두려움은 그의 손길이나 작은 스킨십을 거부했다. 몇 번의 성관계 시도는 나의 폭발적인 저항으로 실패했다. 나는 공격받은 달팽이처럼 움츠러들었고 그를 밀어냈다. 때로는 소리치고 욕설을 쏟아냈다. 빌어먹을 성욕만 채우려는 나쁜 놈이라고. 처음 몇 번, 그는 나의 과민반응을 이해했다. 괜찮다, 다음에 하자. 그럴 수 있다며 그는 인내하고 기다렸다. 그러다가 결국 내게 남성 혐오증이 있다고 퍼부었다. 두려움이 분노로 전환되는 것은 쉬운 일이다. 그것이 두려움이라는 것을 알든 모르든. 분노로 치환된 감정은 원인으로부터 동떨어진 곳에서 폭발하곤 한다. 식사 메뉴를 고르다가도 서로의 식성이 다르다는 이유로 자극적인 비난을 이어갔다. 우리는 그 문제로 여러 번 다투고 또 다투었다. 두려움은 마침내 이별에 다다랐다. 이별에 이르자 오히려 평화로웠다. 더 이상 서로를 할퀴지 않는 덤덤한 이별이었다.

"그럼 잘 지내다 가."

나는 먼저 돌아섰다.

과거를 과거에 둘 수 있다면 그건 행복한 일이다. 이기섭은 과거로써 끝나지 않은 현재였다. 그러나 준은 과거였다. 다시 과거 속으로 돌아갈 기억이었다. 머뭇거리지 않고 과거로 돌려보낼 것이다.

"저기, 할 말이 있어."

그의 목소리가 등 뒤에서 들려왔다. 나는 고개를 돌려 잠깐 그를 바라보았다.

"이 이상 말하면 그건 이 만남이 우연이 아니라는 걸 보여주는 거야. 당신, 스토커가 될 수도 있어."

이 느닷없는 만남이 우연을 가장한 것이라면 나는 더욱 할 말이 없었다.

"내 얘기 좀 들어주면 안 돼?"

격앙된 목소리였다.

"오늘 나를 만나러 여기에 온 거야?"

"기회를 좀 줘."

나는 입을 다물었다.

"난 네 생각 많이 했어. 다시 만나고 싶었어."

그는 우연에 무언가를 덕지덕지 얹으려 하고 있었다.

"돌아가."

나는 차갑게 말하고 돌아섰다. 과거에 끝난 사랑에 아무리 산소 호흡기를 가져다 대도 사랑은 반응하지는 않는다. 미움은 놀라울 정도로 쉽게 살아나지만 사랑은 되살아나기 어려운 감정이다. 준과의 사랑은 이미 관에 넣어져 탕탕 못이 박히고 바닥 깊은 곳에 묻힌 이야기였다. 달라질 것이 없는 과거였다. 현재가 될 수는 없는 과거.

할머니는 준에 대해 묻지 않았다. 내가 먼저 얘기를 꺼내지 않으면 묻지 않겠다는 배려다. 나는 머뭇거리다가 입을 열었다. 방금 밖에서 마주친 남자는 준이라고.

할머니의 기억 속에도 준이 있다. 나는 가끔 그의 얘기를 했다. 할머니는 준이를 한번 데려오지 않겠냐고 말했었다. 나는 그렇게 하겠다고 했지만 망설였다. 다음에, 라고 말하며 늘 미루었다. 헤어졌다고 했을 때 할머니는 큰 한숨을 내쉬었다. 지구 어딘가에 발생한 큰 재난 소식이라도 접한 듯. 그것으로 그는 할머니의 기억 너머로 사라졌을 것이다.

"방금 저 사람이 준이었니?"

할머니의 목소리는 차분했다.

"저 아래 펜션에 묵는다네. 산책 중이래."

"소개를 좀 해주지 않고."

할머니는 아쉬운 듯 바깥을 힐끗 보았다.

"아냐. 헤어진 지가 언제인데."

할머니는 고개를 끄덕이고는 십자수를 놓기 시작했다. 할머니가 뭘 말하고 싶어 하는지 알지만 나는 짐짓 고개를 돌렸다. 잠시후 할머니는 중얼거렸다.

"행복하게 살아야 해. 행복해야 다 괜찮아진다."

십자수를 놓던 손이 잠시 멈추었다.

"지금도 행복해."

처음으로 행복하다는 말에 진심을 실었다.

"아냐. 더 행복해져야지. 그러겠다고 약속해주겠니?"

"그럴게. 걱정 마요."

뒷조사

얼굴이 익은 두 사람이 앞을 가로막았다. 점심을 먹기 위해 학원을 나섰을 때였다. 지난번 나를 찾아왔던 형사들이었다. 지금껏 기다린 것인지 때마침 마주친 것인지 분간이 되지 않았다. 반가움은 아니더라도 호의적인 표정을 짓기 위해 나는 애를 썼다. 지나친 호의도 반감만큼 불필요하다. 중립적이면서도 적의를 사지 않을 만큼의 무심함도 필요하다. 살인을 의뢰했던 나로서는 형사와의 대면에서 긴장을 놓아서는 안 된다. 정 형사가 잠깐 얘기를 하고 싶다고 말했다. 나는 근처 카페로 그들을 데려갔다.

"실은 저희가 부검 결과에 대해서 말하지 않은 부분이 있었는데. 이기섭의 몸에서 졸피뎀 성분이 나왔습니다."

"졸피뎀이요?"

졸피뎀이 뭔지 몰라서 물은 말이 아니었다. 졸피뎀이 들어간 스틸녹스정은 내가 오랫동안 처방받았던 약물이기도 했다. 이런 약물이라면 누구보다 내가 잘 알고 있다.

"네. 누군가 이기섭에게 수면제를 먹였을 가능성이 큽니다. 일단 뺑소니를 염두에 두긴 했지만, 지금은 계획적 살인으로 보고 수사를 하고 있습니다."

"살인이요?"

살인이라는 말을 할 때, 나는 어떤 표정이었을까. 어느 때보다 나는 침착하려 했다. 놀라움을 조미료처럼 살짝만 가미했다. 그러나 내 입에서 나온 살인이라는 단어는 묘하게 흥분으로 젖어 있는 것 같은 느낌이었다.

"강라경 씨는 알리바이가 있으니 저희도 강라경 씨를 의심하는 건 아닌데. 다시 주변 인물 수사를 하고 있어서요."

"네, 이해합니다."

"강라경 씨가 볼 때 의심 가는 사람이나, 평소 이기섭 씨가 어땠나 뭐 이런 걸 좀 말해줄 수 있나 해서요."

우린 강라경 씨도 의심하고 있어요, 라는 말보다 더 진한 의심이 배어 있었다. '넌 우리 수사망 안에 있어'라고 과시하는 듯했다. 즉 의심은 하지만 아직 손에 쥔 것은 없다는 말이었다.

"이기섭, 이 인간을 원수로 생각하는 여자들이 많아요. 강라경 씨 어머니도 그중 한 명이었잖아요. 만났던 여자들 모두 아주 진저리를 치더라고. 그러니 우리로서는 모두 다 얘기를 들어봐야 하는데, 이게 보통 일이 아닙니다. 모두 알리바이는 있지. 특별히 단서가 나온 것도 아니고."

젊은 형사는 곤란하다는 듯 고개를 저었다.

"이놈 통화 목록을 조회해보니, 죽기 전에 몇 번 통화한 사람이 있는데, 이게 대포폰이더라고."

"글쎄요. 제가 무슨 말씀을 드려야 할지."

"이기섭 씨를 따로 만나신 적은 없는 거죠? 그러니까, 카페에서 마주친 다음에 말이죠."

"없습니다."

놈을 찾아간 적이 있지만 거짓말이 자연스럽게 튀어나왔다. 카페 앞 아파트 공원에서 유리벽 너머의 놈을 오랫동안 지켜보았다. 놈은 지극히 평범한 보통의 삶을 살고 있는 듯했다.

놈이 평범하게 살고 있다는 것이 나를 자극했다. 파괴되고 분열된 나의 삶과는 대조적으로 보이는 삶이었다. 세상은 놈이 그럴듯한 남편 노릇을 하며 카페 주인으로 살아가도록 내버려두고 있었다.

열 살쯤 되어 보이는 꼬마가 놈과 손을 잡고 카페를 나서는 모습을 목격하기도 했다. 가족을 구성하고 가장으로서 살고 있는 놈의 순탄한 삶이 역겨웠다. 내가 아는 한 놈은 그렇게 살 수 없었다. 악의 본성을 숨기고 사는 데는 한계가 있다. 악은 본질을 바꾸지 않는다.

흥신소에 놈의 뒷조사를 의뢰했다. 의뢰가 진행되는 동안 고민이 깊어졌다. 인간답게 살고 있다면 놈을 용서해야 할까. 모든 걸 덮고 돌아서야 할까. 그것은 고민이라기보다 차라리 초조함이었다.

흥신소에서 보내온 회신은 나의 갈등을 끝내주었다. 놈은 바뀌지 않았다. 개과천선이라도 했을지 모른다는 것은 터무니없고 허무맹랑한 생각이었다. 내가 알던 그때의 놈이 분명했다. 변하지 않은 것뿐 아니라 내가 아는 것보다 더 악질이었다.

십대 소녀들을 사서 모텔을 드나드는 놈이었다. 카페 구인 광고를 미끼로 가출 소녀들에게 일자리를 주겠다고 접근하기도 했다. 보통의 인간처럼 사는 척했을 뿐이다. 아내와 아이는 놈의 가면과도 같았다. 자신을 감추는 데 가장이라는 가면은 제법 효율적이다.

인간은 쉽게 자신을 바꾸지 않는다. 아니, 바꿀 수 없는 것인지도 모른다. 그렇게 살 수밖에 없는 것이 놈의 숙명이라면, 숙명을 끊어주어야겠다고 생각했다. 뒷조사를 마친 뒤 놈을 죽여도 좋겠다는 결심이 확고하게 뿌리를 내렸다. 실은, 의뢰의 결과가 빌미를 준 것이 기뻤다. 놈을 죽여도 좋을 명분이 내 손에 있었다. 명분이 있으면 행동이 쉬워진다. 핑곗거리가 있으니 밀고 나가면 되었다. 살다보면 그렇게 할 수밖에 없는 순간을 마주하는 것이라고. 그것이 체념이나 분노, 자기변명과 위안에 불과하다고 해도, 놈을 제거하기 위해 움직이기로 했다.

"한 3년 정도 같이 살았나요?"

"그럴 겁니다."

아버지가 공사 현장 사고로 사상한 후 엄마는 이기섭을 만났고 재혼했다. 3년여를 한 집에서 가족으로 살았다. 가족이 어떤 이면을 품을 수 있는지 그 시절이 내게 가르쳐주었다. 그러나 그때의 기억을 나는 놓아버렸다. 놈이 어떻게 오고 어떻게 떠났는지 하얗게 지워졌다. 기억의 바닥에 정제된 소금처럼 몇 장면만 남았다.

"그럼 이기섭과 함께 살았을 때, 좀 오래된 일이기는 하지만, 잘 좀 생각해보십쇼. 이기섭은 어떤 인간이었나요? 지난번에 만나기 싫은 인간이라고 하셨던 거 같은데."

나는 잠깐 침묵했다. 어디까지가 안전한 지점일까.

"같이 살면서 수없이 엄마를 폭행했어요."

"직접 보셨나요?"

고개를 끄덕이며 그렇다고 대답했다. 수첩에 뭔가를 끼적거리기며 형사는 계속 물었다. 그것 때문에 헤어진 거냐고. 문제의 본질을 향해 가고 있었다. 나는 마음을 단단히 다잡았다.

"엄마가 헤어지자고 몇 번이나 이기섭에게 말했어요. 그때마다 맞았고. 헤어진 직접적인 이유는 이기섭에게 다른 여자가 생겼기 때문이었어요. 둘이 그런 얘기하는 거 여러 번 들었습니다."

"어머니가 자살하셨다고 하던데, 맞습니까?"

여기까지 오리라고 예측하지 못한 건 아니었다. 과거를 되짚어 가면 분명 여기까지 올 거라고 생각했다. 그래, 여기까지는 괜찮다.

형사는 집요했지만 나는 선을 지켰다. 엄마의 자살까지가 그들이 들여다볼 수 있는 지점이었다.

세이 굿바이

　학원을 그만두겠다는 의지가 확실해지고 있었다. 원장이 새 국어 강사를 영입하기 위한 물밑 작업을 하고 있다는 얘기가 퍼져 있었다. 상하의 일이 불거지면서 원장과의 관계는 틀어져버렸다. 사직서를 작성해서 PC에 저장해둔 상태였다. 그렇다고 새 직장을 알아볼 계획은 없었다. 문득 '직업상담사 연'의 명함이 떠올라 메일을 보냈지만 연락은 기대하지도 않았다. 연은 살인 청부를 받는 조직이었으니 직업 소개를 할 리가 없었다. 때문에 업체 리스트를 가지고 알선을 하기 위해 나타난 것은 의외였다.

　연이 연락해온 것은 5월의 무더운 날이었다. 한낮에는 한여름 더위가 예상된다는 예보가 있었다. 형사들이 다시 찾아오고 나서 얼마 후였다. 연은 학원 근처에 있다며 전화를 걸어왔다. 열흘 전 나는 연에게 메일을 통해 이력서를 보냈다. 그는 내가 보낸 이력서를 토대로 몇몇 업체를 선정했으니 리스트를 받아가는 게 어떠냐고 제안했다.

카페에 들어서니 그가 창가에 앉아 있었다.

"업체 탐방이 있어서 이 근처에 들렀습니다. 요청하신 자료들을 직접 드리고 설명도 하는 게 나을 것 같아서요."

내가 의자에 앉자마자 연은 기다렸다는 듯 말했다. 업체 탐방이라는 단어는 제법 직업상담사다운 냄새를 풍겼다.

"일단 학원 업체 몇 군데, 기업체의 홍보실 한 군데, 학교 상담 교사 한 군데 등입니다. 지금 현재 일하고 계시는 곳의 보수 수준과 맞추려고 했습니다."

연은 누런 서류 봉투를 내밀었다.

"원하시는 곳이 있으면, 제게 연락을 주세요. 면접 날짜를 잡아드릴 수 있습니다."

서류 봉투는 꽤 두툼했다. 봉투에서 몇 장의 리포트를 꺼내 살폈다. 강남에 있는 한 학원에 대한 정보가 자세히 담겨 있었다. 강사 복지 시설, 타임 테이블, 학생 수, 인센티브 조건 등. 다음 업체는 한 유명 푸드 체인이었다. 역시 업체 규모부터 복지 혜택, 업무 내용, 보수 수준 등이 상당히 디테일했다.

"그 업체는 보수가 조금 적습니다. 그렇지만 복지 혜택이 좋고 여성 편의 시설과 육아를 할 수 있는 자체 보육원이 있어요."

전직을 염두에 두지 않은 내게도 구미가 당겼다. 연은 직업상담사로서의 직무를 충실히 수행하고 결과물을 가져왔다. 자신의 정체성에 의구심을 갖지 말라는 듯. 경찰은 내가 다닌 병원들을 찾아가 졸피뎀 처방을 확인하고 있었다. 오래 드나들며 꽤 친해진 간호사로부터 전화를 받았다. 경찰이 내 동선과 행적을 수사하고 있다. 수사 대상 리스트 상단에 내 이름이 자리하고 있을 것이다. 나는 안전한 영역에 놓여 있는 것인가. 알아야 할 것은 알선 업체 정보가 아니었다.

"작업이 실패했다는 편지를 받았어요."

연의 눈썹이 움찔했다.

"수수료도 돌려받았고요."

"그런데요?"

"근데, 정말 실패한 게 맞는지 마지막으로 확인하고 싶어요."

"왜죠?"

연은 정말 궁금하다는 듯 눈을 반짝였다.

"실패해도 수수료를 돌려받았다면 문제 없는 거 같은데요."

"그놈이 죽었으니까요."

"죽기를 바란 거 아닌가요?"

"그렇죠. 죽기를 바랐죠. 근데 어떻게 죽은 건가요? 내가 안전한 건 맞는 건가요?"

"우리는 직업 상담으로 만나고 있는 겁니다. 그것보다 안전한 건 없습니다."

연의 말은 꽤 설득력 있게 다가왔다. '연 직업상담소'는 구직 정보를 제공하고 알선을 한다. 그런 이유라면 경찰에게도 의심을 살 이유가 없다.

"형사는 누군가 그놈에게 수면제를 먹였다고 하던데요. 그리고 뺑소니로 가장했다고요."

그러니까, 하고 연이 내 말을 잘랐다.

"어쨌든 제가 볼 때 문제될 건 없습니다. 수수료를 돌려받았는데, 원하는 일을 이루셨다면 최상의 결과 아닌가요?"

연의 안경 너머 눈빛이 단호했다.

"아니면, 혹시 죄책감 때문입니까?"

나는 잠자코 그의 얘기를 들었다.

"당신이 누군가를 죽였다는 죄책감 때문에 확인하고 싶은 건가요? 당신 때문에 죽은 게 아니란걸."

죄책감 따위는 내 안에 없다는 확신이 있었다. 인간이 인간의 감정을 재단하는 방식은 지독하게 안일하다. 마치 나무의 초록을 모두 같은 초록이라 분류하는 것과 같다. 색상 표본에 없는 색상, 경계의 어딘가에 놓여 있는 색상을 대충 묶어서 하나의 색으로 표현하는 것은 쉽지만 그건 분명 오류다. 인간의 감정은 그 스펙트럼이 훨씬 넓다. 누군가를 죽였다는 이유로 죄책감을 느끼는 인간은 표본에 있는 경우일 뿐이다. 인간은 그런 표본 너머를 수없이 넘나든다.

"좋아요. 제 감정에 대해 논하는 건 적당하지 않은 것 같으니 그만두죠."

나는 커피를 한 모금 마셨고 이걸로 끝이라고 생각했다. 서류 봉투를 옆구리에 끼고 카페를 나섰다. 연도 내 뒤를 따라나왔다. 나는 그에게 인사를 건네고 학원을 향해 발길을 돌렸다.

"저기."

연의 목소리가 내 발걸음을 멈추었다.

"점심 같이하실래요?"

그의 의도를 파악하기 위해 나는 고개를 갸웃했다.

"근처에서 점심 먹고 가려는데, 혹시 아직 점심 전이면 같이 드시죠."

낯선 남자와의 식사가 편할 리 없다. 어색한 순간을 무디게 받아들일 만큼의 유연성이 내게는 없기 때문이다. 그러나 연이 무슨 말인가를 더 하고 싶어 한다는 것을 직감했다.

에어컨이 씽씽 돌아가는 국수 전문점이었다. 차가운 공기가 빈틈없이 꽉 들어차 있었다. 점심시간이 지나서인지 손님은 두 명뿐이었다. 두 사람은 각각 다른 테이블에서 후룩후룩 국수를 먹고 있었다. 연은 내게 동의를 구하고 냉면과 만두를 주문했다. 냉면이 나오기까지 그는 입을 다물고 있었다. 핸드폰을 들여다보면서 내 시선을 피했다. 인내심을 가지고 그가 무슨 말이든 더 해주기를 기다렸지만 허사였다.

"맛이 괜찮은가요?"

냉면을 반쯤 먹었을 때 느닷없이 연이 물었다. 나는 그 물음의 의도를 생각하며 그럭저럭, 이라고 혼잣말처럼 말했다.

"요즘엔 냉면 값이 비싸져서 냉면 먹는 것도 사치죠. 이런 국수 전문점이 그나마 저렴한 편이에요."

어색함을 털어내려는 의도로 내뱉는 말인 듯했다.

그때 테이블 위에 올려둔 핸드폰이 요란스럽게 진동했다. 할머니였다. 할머니는 전화를 거의 하지 않았다. 다급한 일이 있을 때만 예외였다. 이를테면 병원에서 보호자를 데려와야 한다고 하거나, 내가 무언가를 할머니 집에 두고 왔을 때 등등. 할머니는 사소한 일로도 나를 귀찮게 하지 않으려 했다. 그것이 할머니가 나를 아끼는 방식이었다. 그러니 할머니, 라는 발신인은 예사롭지 않은 상황을 상상하게 하곤 했다. 아니나 다를까, 전화를 받았을 때 전화기 너머에서 젊은 여자의 목소리가 건너왔다.

"여기 성모병원입니다. 할머니께서 병원에 실려 오셔서. 핸드폰에……."

할머니가 병원에 실려 가는 상상을 자주 하곤 했다. 병원에서 할머니가 아프다고 하면 어떻게 대처해야 할까. 나는 견뎌낼 수 있을까. 때때로 엄습하는 불안을 버티는 방법은 연습이었다. 상상을 통해 연습해둔다면 갑작스럽게 그런 일을 맞닥뜨리게 되는 것보다 나을 거라고 생각했다. 그러나 그건 호사스러운 상상에 불과했다. 상대방이 무슨 말을 하고 있는지 들리지 않았다. 핸드폰 너머의 모든 말들은 내 청각의 영역 밖으로 튕겨 나가고 있었다. 깜깜한 내부의 감각 속에서 나는 전화를 끊었다.

연의 차를 얻어 타고 병원으로 갔다. 그 과정이 슬로우 모션으로 선명하게 남아 있지만, 왜 연이 나를 데려다준다고 했는지, 연이 차를 가지러 가는 동안 나는 무엇을 하고 있었는지 설명할 수가 없다. 감각의 부분들이 셧다운된 채 작동하기를 거부했다. 식당 앞에 멍하니 서서 포슬포슬 부서져 내리는 햇살을 맞고 있었다. 지면이 엿가락처럼 구불거려 어지러웠다. 얼마 후 하얀 차가 내 앞으로 미끄러지듯 다가와 섰다. 연은 몸을 옆으로 기울이고 팔을 뻗어서 보조석 차 문을 열어주었다.

운전을 하면서 연은 나에게 시선을 던지곤 했다. 괜찮을 겁니다. 괜찮을 거예요. 그는 나를 안심시키려는 듯 말했다. 나는 그럴 거라고 대답했다. 노인이 병원에 실려 가는 건 얼마든지 있을 수 있는 일이다. 그것이 반드시 최악의 상황을 상상해야 할 전조가 되는 것은 아니었다. 나는 최대한 담담하게 앉아 있었다. 연의 차는 가다 서다를 반복하며 힘겹게 나아갔다. 연은 혼잣말처럼 서울은 왜 평일 대낮에도 이렇게 차가 많은지 모르겠네, 라고 중얼거렸다. 나는 창밖으로 흘러가는 한강과 빌딩들을 무심히 바라보았다. 거대한 빌딩 숲 위로 햇살이 반짝였다.

할머니는 아파트 복도에 쓰러져 있었고 이웃 주민이 119에 신고했다. 그리고 119 구급차에 실려 병원으로 가는 동안 호흡이 완전히 멈추었다.

할머니는 아침저녁으로 한 시간씩 산책을 했다. 십자수를 놓으며 하루를 보냈지만, 운동 시간만큼은 규칙적으로 지켰다. 그것이 할머니의 건강 유지법이었다. 혈압도 정상이었고 당뇨도 없었다. 고지혈증이 있기는 했지만, 병원에서 약을 처방받아 꾸준히 복용했다. 칠순을 훌쩍 넘긴 할머니가 그만큼의 건강을 유지한 이유는 유전적인 요인도 커 보였다. 할머니의 매끄러운 피부나 아직도 꼿꼿한 허리를 보면 그런 생각이 들곤 했다. 그럼에도 할머니가 죽는 상상을 했던 건, 스스로 삶을 마감하는 상황을 염두에 두었기 때문이다. 엄마처럼 할머니도 스스로를 놓아버리지 않을까, 하는 불안이 공격할 때가 있었다. 그건 내 기우였다. 할머니는 견디는 삶을 택했다. 그러나 죽음은 느닷없이 오기도 한다. 심장마비는 자연사라고 하지만 징조나 예고 없이 들이닥쳤다. 이번에도 작별 인사는 내 안의 어느 구석에서 싸늘하게 식어갔다.

가끔은 내가 할머니보다 먼저 죽기를 바랐다. 할머니의 죽음이 내게 가져올 고통을 짐작했던 탓이다. 엄마를 보낸 경험은 그렇게 나를 몰아세웠다. 사람은 경험치가 쌓일수록 인생을 방어하게 된다. 내가 먼저 세상을 뜨는 것은, 그러나 할머니에게 너무 잔인한 일이었다. 내가 죽을 수 없는 이유는 할머니였다. 아마 할머니도 같은 이유로 내 옆을 지켰을 것이다. 우리는, 암묵적인 동의로써, 서로에게 죽지 말아야 할 이유였다. 하지만 역시 할머니를 먼저 보내지 말아야 했다. 내가 살아야 할 이유가 무너져버렸다. 내 바람대로 실천하지 못한 것이 후회스러웠다.

허기의 순간들

　열한 살의 나는 할머니의 손을 잡고 정신과 진료를 보러 다녔다. 당시의 나는 단추도 잘 채우지 못했고, 체육 시간에 공이 날아들어도 피하지 않았다. 수업 시간에 화장실에 가겠다고 손을 드는 날도 많았다. 화장실에 마냥 앉아 있을 때도 있었다. 누군가 말을 걸면 고개를 숙이고 입을 다물어버렸다.

　그 시작은 어느 아침이었다. 그날 아침 엄마는 평소보다 일찍 일어나 아침상을 차렸다. 불면증으로 새벽에야 잠이 들곤 하던 엄마에게는 꽤 이른 시각이었다. 아니면 밤을 새우고 난 참이었는지도 모른다. 아침밥을 마주하고 있던 엄마는 갑자기 베란다로 걸어갔다. 베란다에는 환한 햇살이 들이치고 있었다. 베란다에 다다른 엄마는 햇살 속으로 뛰어들었다. 순식간의 일이었다. 화분 받침을 딛고 철제 난간을 넘듯이 휙 올라간 엄마가 빛 속으로 사라진 것이다. 빛이 집어삼킨 것처럼. 혹은 빛이 흡수한 깃처럼. 나와 할머니는 엄마의 그 빠른 행동을 멍하니 보고 있었다. 빛이 다시 엄마를 내놓기라도 할 듯. 햇살이 늘어지듯 바닥으로 흘러든 환한 베란다를 계속 응시하면서.

열한 살의 내가 만난 의사는 사십대의 여자였다. 나에게 그림을 그려보라고 하는 날이 많았다. 입을 열지 않는 나를 위해서 동화를 읽어주기도 하고 상담 중간에 달콤한 케이크나 쿠키를 내주기도 했다. 의사의 노력에도 불구하고 나는 말을 꺼내지 않았다. 아니, 말을 꺼내놓을 수 없었다. 나는 언어를 감춤으로써 나를 숨겼다. 언어가 비어버린 방에 몸을 웅크리고 있었다. 그 시절을 돌아보면, 감각들이 최소한으로만 기능한 것이다. 감각들을 닫아걸어 통제함으로써 그 시간을 견뎌낸 것이다. 할머니는 어떤 재촉도 없이 나를 계속 병원에 데려갔다.

돌아오는 길에는 맥도날드에서 햄버거를 먹었다. 할머니의 말에 의하면 나는 종이 포장도 벗기지 않은 햄버거를 먹으려 덤볐다고 한다. 당시의 기억은 뭉텅뭉텅 잘려나가 있다. 어떻게 말이 내게 다시 스며들었는지도 모른다. 체육 시간 날아들던 배구공을 피해 몸을 웅크린 것이 신호였던 것 같은데 정확하지 않다. 소멸된 기억들 사이에서 형형한 몇몇 순간도 있다. 할머니와 병원에 들어서던 순간들, 간호사가 반갑게 내 이름을 부르던 기억. 그곳에서 먹던 당근 케이크의 빛깔과 눈처럼 덮여 있던 설탕 가루. 그리고 할머니가 차려놓은 식탁 위의 음식들.

집으로 돌아가면 할머니는 이미 햄버거 하나를 먹어치운 나에게 밥을 지어 먹였다. 갈비찜이나 불고기, 오이 김치나 새우튀김을 만들어 나를 식탁에 앉혔다. 많이 먹고 얼른 크면 다 괜찮아진다, 먹고 또 먹으면 시간이 갈 거다, 그러면 괜찮아질 거다. 할머니는 내 맞은편에 앉아 말했다. 밥을 먹이는 것으로 나를 치료할 수 있다고 믿었던 것 같다. 아니면 그것밖에 할 수 있는 게 없는 것이었는지도 모른다. 시간이 우리를 괜찮은 곳으로 데려가리라 기대한 것이다. 나는 식탁에 차려진 음식을 쓸어 담듯 배 속으로 밀어 넣었지만 이상한 허기에 시달렸다. 늦은 밤 냉장고에서 조리되지 않은 햄이나 생고기 등을 꺼내 먹으려 했다. 할머니는 기겁하고 나를 떼어놓았다. 아가, 네가 크려나 보다. 얼른 먹고 커야지. 그래, 배가 고플 때야. 크려고 그러는 거야. 할머니는 혼자 중얼거리듯 나를 달랬다.

할머니에게 엄마는 등에 짊어지고 온 무거운 짐이었을 것이다. 그 짐을 덜어내면서 살았다면 좋았겠지만, 덜어지지는 않았을 것이다. 기억은 선택적 결과물이 아니다. 망각의 강 속으로 던져지는 것들도 의지와 무관한 것들이다. 엄마가 죽음을 선택한 이유도 기억의 무게에 압도되었기 때문이다. 과거의 짐은 영혼이 이 세상을 떠날 때나 덜어지는 것인지도 모른다.

*

할머니의 집을 정리하러 갔을 때, 지나는 내 곁에 있어주었다. 아니, 지나는 내 손을 잡아 할머니의 집으로 데리고 갔다. 할머니의 집을 처분해야 했고 유산 처리와 보험금 문제 등 해야 할 일들이 산적해 있었다. 그러나 나는 손을 놓은 채 집에 박혀 있었다.

학원에도 나가지 않은 지 몇 주가 지났다. 원장에게서 더 이상 기다려줄 수 없다는 연락이 왔다. 원장은 나의 무책임과 소홀함에 화가 난다고 했다. 이렇게 기다려준 것도 꽤 배려를 해준 것이라고. 요즘 같은 시기에 무단결근이 가당키나 하냐고.

빌미가 생겼으니 원장은 나를 내치고 싶었을 것이다. 상하의 일은 박민우와의 합의로 마무리됐다. 대형 로펌을 앞세운 박민우가 재빠르게 합의를 제시해왔다. 박민우는 상하가 원해서 모텔까지 갔지만 성관계는 없었다고 진술했다. 상하와는 서로 좋아하는 사이였다고. 그 상투적인 변명이 로펌 변호사들을 통해 그럴듯하게 포장되었다. 상하의 부모는 위자료를 받는 것으로 사건을 더 키우지 않기로 했다. 고소는 취하되었고 박민우의 범죄 사실도 증거 불충분으로 신속하게 종결됐다. 적어도 박민우가 한동안 곤욕을 치를 거라는 나의 예측과는 다르게 싱거운 과정이었다.

원장은 내게 의기양양했다. 그것 보라고, 그게 다 돈을 뜯기 위한 수작이라고. 그렇지 않다는 나의 저항은 기울어진 판세를 뒤집지 못했다. 가해자인 박민우는 흔들림 없이 강사로서의 삶을 이어갔다. 명성에 약간의 흠이 간 것쯤 대수롭지 않을 것이다. 학생들이 여전히 강의실을 가득 채웠으니 말이다.

학원을 떠난 것은 상하였다. 상하가 학원을 끊었다는 접수 데스크 진선 씨의 이야기에 마침 할머니 사망 소식이 겹쳤다. 피해자가 가해자로 둔갑하는 것은 손바닥을 뒤집는 일보다 쉬웠다. 게다가 세상을 떠들썩하게 한 연예인의 성 스캔들에 박민우의 사건은 묻혔다. 인터넷 뉴스에 며칠간 유명 강사의 제자 성폭행, 이라는 기사가 실렸지만 이내 거품처럼 꺼지고 잊혔다. 추문을 덮어줄 추문이 연쇄적으로 올라왔다. 사람들의 관심은 다른 추문으로 옮겨갔다.

합의가 이루어지고 며칠 뒤, 복도에서 마주쳤던 박민우는 내게 다가와 말했다. 함부로 좋은 사람이 되려 하지 마시지. 경찰들이 찾아오는 걸로 봐서 당신도 구린 거 같은데. 눈빛은 매섭고 단호했다. 비웃음이 입가에 잠깐 머물렀다. 진짜 악은 광대 분장을 한 조커의 얼굴을 하고 있지 않다. 박민우처럼 평범한 얼굴에 숨어 있다. 짧은 순간 그의 얼굴에 악이 스친 듯도 했다. 당신이야말로 이게 끝이라 생각하지 않는 게 나을 겁니다. 조용한 목소리로 그에게 말했다. 오지랖 쩌네. 그의 말이 짧게 공기를 스쳤다. 그는 비웃는 얼굴로 돌아섰고 경쾌한 리듬의 발걸음으로 멀어졌다. 그에게서 휘파람 소리가 들려오는 듯했다. 그의 세상은 여전히 견고했다.

결국 나는 원장에게 학원을 그만두겠다고 했다. 그 말을 내뱉고 나니 한없이 홀가분했다.

햇살은 뜨거움을 실어 날랐다. 가끔 창문을 열면 퍽퍽한 열기
가 들이쳤다. 나는 다시 창문을 닫아버리고 잠에 빠졌다. 슬프거
나 아픈 것은 아니었다. 그것과는 다른 어떤 묵직한 감정에 빠져
있었다. 찐득하고 질척한 진흙 속에 담겨 있는 것처럼. 커튼을 채
운 어둑한 실내는 시간의 흐름조차 끊긴 듯했다. 몽롱한 기운에
붙들린 무거운 육신에 잠을 자고 싶은 갈망만 부풀어 올랐다. 잠
이 많아지는 것 역시 불면증과 마찬가지로 정신과적 문제를 드
러내는 징후다. 과다 수면은 회피이고 무기력의 지표이기도 하다.
스스로를 진단했지만 잠을 털어내지는 못했다.

지나가 가끔 들러서 치킨이나 자장면을 시켜주지 않았다면 나
는 굶어 죽었을지도 모른다. 그리고 나를 몰아세우지 않았다면
할머니의 집에 가볼 엄두조차 내지 못했을 것이다.

몇 주 만에 할머니의 집에서는 먼지 냄새가 났다. 벌써 사람이
없다는 걸 알아차린 집은 무너질 준비를 하고 있었다. 집은 기가
막히게 예민한 식물 같다. 보살핌이 없으면 곧바로 시들어버린
다. 물을 오랫동안 틀지 않아 하수구에서는 냄새가 올라왔다. 할
머니의 손길이 끊긴 율마나무는 누렇게 말라가는 중이었다. 쌓아
둔 십자수 액자들 위에는 두꺼운 각질 같은 먼지가 앉아 있었다.
순식간에 주인을 잃은 집은 안쓰러운 형국이었다. 지나는 창문을
열어젖히며 방을 돌아다녔다. 그리고 방마다 가득한 십자수 작품
들을 보며 감탄사를 여러 번 내질렀다. 믿기지 않는다며 혀를 내

두르기도 했다.

지나는 밀레의 〈만종〉을 가져도 되냐고 물었다. 나는 흔쾌히 그러라고 대답했다. 그 많은 십자수 액자들을 도무지 어떻게 처리해야 할지 난처하던 차였다. 할머니가 하얀 천으로 덮여 영안실에 누워 있을 때부터 그 걱정을 하고 있었을지도 모른다. 할머니의 집에 켜켜이 쌓인 할머니의 시간. 그 시간들을 어떻게 소거해야 할 것인가. 할머니의 죽음 이후 그 액자들을 정리하는 것이 무엇보다 곤란한 문제였다.

지나에게 주듯이 주변인들에게 하나씩 돌리는 방법이 있었다. 그럼 몇 개는 털고 갈 수 있다. 그러다 문득 연이 생각났다.

*

할머니의 장례식은 연이 함께했다. 어쩌다 연이 끼어들게 된 건지 생각할 겨를도 없었다. 그가 거기에 있다는 것을 나는 의식하면서도 의식하지 못하는 묘한 상황에 있었다. 그가 마치 장례지도사처럼 그곳에 존재했기 때문이다.

삼일장 동안 할머니의 마지막을 찾아온 이는 고작해야 스무 명 안팎이었다. 할머니의 핸드폰 연락처에 있던 지인들에게도 소식을 전했는데, 찾아온 이들이 하나같이 낯설었다. 꽤 젊은 사람부터 할머니 연배의 어르신까지, 안면이 없는 조문객들이 침통한 얼굴로 내게 위로를 전했다. 어떤 얼굴로 내가 그들에게 인사를 건

넸는지 모르겠다. 어떤 표정을 지어야 할지 도무지 어색할 따름이었다. 아무것도 실감할 수 없는 무감의 영역에 있었다. 공기 속을 떠도는 향 냄새만이 후각을 자극했다. 그것이 흐릿한 감각에 현실성을 부여하고 있었다.

준이 찾아온 것은 의외의 일이었다. 지인과 몇 사람에게만 부음을 보냈었다. 준은 검정 슈트를 입고 들어와 예의를 갖춰 인사를 건넸다. 그의 눈길은 텅 빈 빈소를 훑다가 내 옆에 서 있던 연에게로 흘러갔다.

"연락해줘서 고마워."

"미안하지만, 나는 연락한 적이 없는데."

장례식장 앞까지 준을 배웅하며 나는 말했다.

"아, 그럼?"

"글쎄, 내가 궁금해. 네가 어떻게 알고 왔는지."

정말 알 길이 없어 그를 보았다. 그는 잠시 혼란스러운 듯 입을 다물고 있었다.

"우리가 서산에서 만났을 때, 그 펜션에서 말이야. 실은 할머니의 연락을 받고 내가 간 거야. 할머니가 연락을 해서 그 전에 할머니를 몇 번 뵈었어. 할머니가 내 번호 저장해놓은 거 같네."

"맙소사."

할머니의 장례식이라는 것도 잊고 큰 소리로 말했다. 할머니, 도대체 왜, 라고 생각하다가, 울고 싶다가 피식 웃음이 났다. 할머니가 갑자기 그 여행을 가고 싶다고 했을 때부터 수상쩍다고 생각했다. 그곳에서 극적으로 준을 만난 것도 생각해보면 심상치 않은 일이었다. 역시 우연이라는 핑계를 조심해야 한다.

"할머니를 몇 번이나 만났다는 거야? 도대체 왜?"

"처음엔 네 얘기를 했고, 다음엔 그저 할머니가 건강하신지 궁금해서 내가 연락하곤 했어."

"대체 왜 그런…… 나에 대해 무슨 얘기를 한 거야?"

할머니에게 묻고 싶은 것을 준에게 물었다.

"내가 아직 너를 만날 생각이 있는지 물으셨어. 그리고 너의 어린 시절에 대해 들려주셨어."

"맙소사. 어린 시절에 대해?"

연민을 불러일으키는 나의 과거에 대해 이야기를 주고받은 것이다.

"그래서?"

내 목소리는 뾰족했다. 할머니에게, 혹은 준에게 화가 난 목소리였다.

"날 동정이라도 하게 되었어?"

"아냐."

"그럼? 날 다시 만나고 싶기라도 한 거야?"

"그냥, 내가 너에게 상처를 준 거 같았어. 기다리지 못한 내가 어리석은 거였는데 너를 몰아붙였어. 그게 지금까지 내내 마음에 걸려서 기회가 되면 용서를 구하고 싶었어."

"우리는 보통의 연인처럼 헤어졌을 뿐이야. 이유가 무엇이든 얼마든지 헤어질 수 있어. 용서가 필요하진 않아."

준은 내게는 필요한 일이야, 라고 답했다. 내게는 모두 부질없었다. 그래도 평온한 인사로 그를 보냈다.

"여기까지 와줘서 고마워."

빈소로 돌아가며 할머니가 알다가도 모를 사람이라는 생각을 했다. 준을 대체 어떻게 찾았는지, 왜 만났는지, 할머니에게 묻고 싶은 것들이 많았다. 그러나 그것들은 마음 위에 쌓이고 쌓일 뿐이었다. 북극의 빙하처럼, 내 안에서 쌓이고 쌓인 채 녹지 않을 것이다.

황량한 빈소를 연이 지키고 앉아 있었다. 나는 연의 옆에 앉아 할머니의 영정 사진으로 고개를 돌렸다. 서산에서 내가 찍어준 사진이었다. 할머니는 펜션 테라스에서 수를 놓다 말고 사진을 한 장 찍어달라 했다. 할머니는 어색하게 웃고 있었다. 내가 여러 번 셔터를 누르자, 손사래를 치며 그만 찍으라고 소리쳤다.

"저 사람은 할머니의 전화번호부에 있었어요. 내가 예전에 만나던 사람인데."

연은 맥락 없는 나의 얘기에 고개를 끄덕였다.

"할머니는 내가 저 사람을 다시 만났으면 하는 마음이었나봐요. 할머니도 참."

"당신을 걱정한 거겠죠. 좋은 사람을 만났으면 하고."

"알 수가 없어요. 저 사람을 어떻게 찾아낸 건지."

"찾으려고 하면 못 찾을 것도 없는 세상이니. 그래서 얘기는 잘

되었나요?"

"그럴 리가 없잖아요."

그는 말없이 고개를 끄덕였다.

연에게 왜 그런 얘기를 늘어놓은 것인지 모르겠다. 아무 말이나 지껄이고 싶었던 것도 같다. 포화 상태인 언어들이 소비되어야 했다. 그러나 그것도 잠깐뿐이었다. 포화상태에서 빠져나오자 결핍의 상태로 진입했다. 빈소 한 벽면에 등을 기댄 채 앉아서 나는 더 이상 아무 말도 하지 않았다. 연은 내가 입을 다물면 말을 걸어오지 않았다. 선을 넘지 않겠다는 듯이. 거리감을 유지한 채 타인으로 거기에 있을 뿐이었다.

연은 옷을 갈아입기 위해 빈소를 떠났다가 금세 돌아왔다. 그럴 의무가 있기라도 한 것처럼. 내게는 혼자 있겠다고 말할 의지도 여유도 없었다. 그가 거기에 있으면 있는가보다, 없으면 없는가보다 했다. 밤의 빈소는 향이 타오르는 소리마저 들리는 듯했다. 조문객의 발길이 끊기니 사위가 적막했다. 다른 빈소에서 희미하게 곡소리가 넘어오기도 했는데 산짐승의 울음처럼 들렸다.

한번은 빈소를 뛰쳐나가 주차장으로 달려갔다. 할머니의 집에 가보고 싶었다. 식탁 의자에 앉아 십자수를 놓고 있던 할머니가 나를 맞아줄 것 같았다. 죽음에 대한 의심은 강렬했다. 연은 주차장에서 헤매는 내 팔을 잡아주었다.

할머니의 유골은 이천의 한 납골당에 모셨다. 화장을 결정했을 때 연은 지인이 납골당을 하고 있다며 거기로 가는 게 어떠냐고 제안했다. 그의 제안을 받지 않을 이유가 없었다. 나는 그의 차를 타고 이천까지 갔다. 그렇게 하지 않았다면 난 장례식이 끝나고도 우왕좌왕했을 것이다. 연은 운이 나쁘게도 냉면을 먹다가 병원부터 장례식까지 함께한 꼴이었다.

돌아오는 차 안에서야 나는 고맙다고 말했다. 연은 차의 주행 속도를 일정하게 맞추고 정속 운전을 하고 있었다. 차는 흔들림 없이 부드럽게 흘러가는 중이었다. 고속도로는 한산한 편이었지만 가끔 트레일러들이 차선을 바꾸며 위협적으로 다가왔다. 연의 차는 속도를 스스로 조절하며 안정감 있게 대응했다. 자율 주행은 무심한 위협을 손쉽게 이겨내고 있었다. 삶에 가해지는 재난에 무기력한 인간과는 대조적이었다.

"왜 굳이 이렇게까지 해주시는 거죠?"

"굳이 이유를 대라고 하면…… 그날 병원에 데려다주고 차를 돌리는데 강라경 씨가 입구에 한참을 서 있더군요. 뒷모습이 도저히 감당할 수 없다고 말하는 거 같았어요. 혹시 잘못되면 장례식을 혼자 치를 수도 있다고 생각하니 발길이 떨어지지 않았습니다. 그냥 실패한 의뢰에 대한 서비스 같은 거라고 생각해도 좋습니다."

그가 전방을 주시하며 말했다.

"인생은 하나를 줄 때 다른 하나를 빼앗아가는 거 같아요."

"무슨 말이죠?"

"이기섭이 죽어서 오랜 바람 하나를 이루었는데 이렇게 할머니를 빼앗아가네요."

내게 대가를 치르라 하는 것 같았다. 하나를 줄 테니 하나를 내놓으라는 가혹한 교환이 숨어 있었다. 할머니의 죽음이 내게는 그런 등가식으로 읽혀서 견딜 수가 없었다. 긴 침묵이 차의 내부를 지배하는 동안 고속도로의 끝에 이르렀다. 그는 도착하면 뭘 좀 먹읍시다, 하며 침묵을 갈랐다.

전혀 배가 고프지 않았다. 아니, 허기가 맹렬하게 내장을 비틀었지만 식욕이 있을 리 만무했다. 커피와 샌드위치를 먹은 것이 며칠간 식사의 전부였다. 그것도 연이 사다가 안긴 덕분이었다. 끼니를 해결하는 일은 삶의 의욕을 붙들고 있을 때나 필요한 일이다. 사랑하는 이의 죽음은 인간을 텅 빈 방처럼 만든다.

메시지

　연에게도 십자수 하나를 선물하기로 했다. 클림트의 〈해바라기〉와 앙리 마티스의 〈붉은 조화〉 사이에서 나는 고심했다. 클림트의 작품은 초록빛이 그림 전체를 뒤덮고 있는데 색감이 생명력 넘친다. 거대한 초록 드레스를 입은 해바라기는 살아 있는 사람처럼 보이기도 한다. 시각적 자극이 생의 에너지로 전환되는 게 느껴진다. 이 그림이 필요한 인간은 지금의 나인지도 모른다. 할머니는 이 십자수들로 그런 메시지를 던지려 했던 걸까. 이건 할머니의 코드 같은 걸까.

　앙리 마티스의 〈붉은 조화〉. 할머니는 언젠가 이 그림을 두고 마음을 정화하는 데 도움이 될 거라고 했다. 한참을 들여다보고 있자니, 이 그림 속 여인이 할머니를 닮았다는 생각이 들었다. 딸을 먼저 보내고 지금껏 어떻게 살았을까. 십자수 따위가 도대체 어떤 위로가 되었을까. 평상시 할머니의 얼굴은 대체로 덤덤하고 평화로워 보였다. 〈붉은 조화〉 속 평화로운 여인을 수놓으며 할머니는 증오와 분노를 누그러트리는 방법을 찾고 있었는지도 모른다. 그리고 그 메시지를 나에게 던지고 싶었는지도 모른다. 너 역시 평화로워질 수 있다고. 모든 걸 내려놓고 이렇게 평화로워져야 한다고. 할머니가 견뎌낸 시간과 마음이 그림 속 여인의 얼굴에 겹쳐졌다. 그건 어쩐지 숭고한 모습이기까지 하다. 견디는 사람이 진짜 승리자인지도 모른다. 나는 승리자가 아니다. 〈붉은 조화〉의 메시지는 나에게서 비껴간 기호였다.

〈붉은 조화〉를 하얀 전지로 싸서 한편에 놓아두었다. 마치 진품이라도 되는 듯 조심스럽게 액자를 다뤘다. 지나가 특별한 이에게 줄 거냐고 물었다. 혹시 장례식을 도와준 그 남자? 그 남자는 할머니 친구의 손자라고, 나는 둘러댔다. 지나가 믿든지 말든지, 연의 정체를 밝힐 수는 없었다.

지나의 차 트렁크와 뒷자리에 할머니의 십자수 액자들을 실었다. 사이즈가 큰 것들은 이삿짐에 실어 보내기 위해 따로 빼두었다. 액자들을 걷어내니 마치 잎이 다 떨어진 늦가을의 산처럼 집이 헐거웠다. 벽에는 액자가 걸렸던 자국이 선명하게 남아 있었다. 할머니가 거기에 있었다는 것을 증명하겠다는 듯이. 헐거워진 집안을 둘러보다 나는 주저앉아버렸다.

할머니는 부유한 집에서 외동으로 자라고 그 시절에 고등교육을 받은 여자였다. 할아버지는 오랫동안 공직에 있었고, 할머니와 애정 어린 결혼 생활을 유지했다. 할머니는 일찌감치 선대로부터 물려받은 땅을 팔아 건물을 샀다. 이태원에 사둔 건물에서 나오는 임대료와 할아버지의 연금 덕분에 크게 생계 걱정은 없었다. 할머니는 사치를 부리는 사람이 아니었고, 물욕에 휘둘리지 않았다. 집에서 살림만 했지만 세상 돌아가는 일이라든가 새로운 문물에 대한 관심이 끊이지 않았다. 할아버지와 살 때는 서재 가득 책이 넘쳤다. 어린 시절, 할머니가 책을 들고 앉아 있는 모습을 자주 목격하곤 했다. 겨울밤, 할머니의 집에서 군밤이나 식혜를 먹던 날, 할머니는 뜻도 모를 책들을 읽어주곤 했다. 그 시절은 머나먼 저편으로 이울었다. 가끔은 십자수 대신 손에 책을 펼친 할머니를 보고 싶기도 했다. 이제 그따위 책들을 읽어서 뭐한다니. 할머니는 삶의 의미를 캐는 일 따위에 흥미를 잃어버린 것이었다. 딸의 죽음을 목도한 사람이니 책에서 무슨 의미를 얻는단 말인가. 생각해보면 그랬다. 어쨌거나 십자수는 입을 닫기에 적절한 취미였다.

할머니의 방은 익숙함을 벗어던지고 나를 둘러쌌다. 주인을 잃은 방은 낯선 타인처럼 불편하다.

*

할머니의 손을 잡고 걷던 재래시장 한복판에는 길 양옆으로 각종 채소며 생선들이 즐비하게 놓여 있었다. 고소한 빵 냄새와

기름 냄새 등이 뒤섞여 후각을 자극하는 거리였다. 모락모락 김이 오르는 커다란 솥을 지나고 지짐을 부치는 아주머니를 지나 떡볶이 가게 앞에 멈추었다. 할머니는 나에게 먹일 요량으로 떡볶이를 주문했다. 잠시 후 내 앞에 시뻘건 떡볶이가 놓였다. 할머니는 나무젓가락을 반으로 갈라 내게 건넸다. 나는 말없이 떡볶이 접시를 비워나갔다.

"엄마는 회사에 갔니?"

떡볶이를 가득 물고 있던 내게 주인아주머니가 물었다. 젓가락질을 멈춘 나는 할머니를 올려다보았다. 할머니는 당황한 표정으로 나를 마주 보았다. 대답을 찾지 못하는 건 할머니도 마찬가지였다. 나는 주인아주머니를 향해 고개를 끄덕였다. 할머니는 내 머리를 쓰다듬었다. 주인아주머니는 요새는 젊은 사람들은 직장에 나가니 할머니들이 이렇게 많이들 데려오더라고요, 라고 덧붙였다.

할머니는 돌아오는 길에 문득 나를 세웠다.

"라경아, 우리 그렇게 생각하자. 엄마는 회사에 갔다고. 쉽지? 누가 물으면 그냥 그렇게 네, 라고 대답하면 돼."

나는 고개를 끄덕였다.

"잘할 수 있어?"

다시 고개를 크게 끄덕였다.

"배고프지? 엄마가 출근했으니 할미가 맛있는 저녁 해줄게요. 맛있는 걸 먹고 잘 지내면 다 괜찮아질 거야."

그날 이후 엄마는 직장에 다니는 사람이 되었다. 준에게도 그랬다. 엄마는 뭐 하시는데, 라고 그가 물었을 때 직장에 다닌다고 했다. 거짓이거나 망상이라고 생각하지 않았다. 그것은 꽤 실용적인 공모였다. 엄마가 죽었다고 말하면 따라오는 여러 반응을 잘라버릴 수 있는 편리한 대응책이었다. 나는 그 전략을 오래도록 애용했다.

어른이 되어서 정신과 의사에게 털어놓았을 때 의사는 그것이 외상후스트레스증후군의 일종이라고 말했다. 진실을 왜곡하거나 회피하는 것은 상처를 덧나게 할 뿐이라고. 그러면 어떻게 해야 하나요? 불편하더라도 현실을 인정해야 한다는 겁니다. 상처를 치유하려면 제대로 볼 수 있어야 합니다. 그다음은요? 그다음은 뭔가요? 의사는 머뭇거렸다. 제대로 보면 극복할 수 있습니다. 정말 그런가요? 의사는 확신이 빠진 채 대답했다. 그건 라경 씨 의지에 달렸습니다. 나는 그 정신과 의사를 다시 찾지 않았다. 정신과 의사들은 내가 원하는 답만을 주기도 했고, 자신이 해야 할 말만을 하기도 했다. 어떤 경우든 그다지 바람직하지 않았다. 처방전이라는 해법을 서로가 알고 있으니 시간 낭비를 말아야 했다.

아파트 주차장에서 액자들을 싣는 일을 마쳤을 때 경비 아저씨가 다가왔다.

"할머니 일은 안 됐어. 건강하신 분이었는데. 걷기 운동도 열심히 하시던데, 나이 들면 도무지 언제 죽을지 모르니 원, 쯧."

"할머니는 십자수를 놓으며 집에 계시는걸요."

경비 아저씨는 의혹의 눈빛으로 나를 바라보았다.

"할머니가 어디 계신다고?"

지나가 다급한 목소리로 둘러댔다.

"아, 아뇨, 할머니가 십자수 놓으며 사셨다는 거죠. 야, 빨리 타!
가자."

"그러슈, 얼른 가봐야지."

나는 지나의 독촉을 받고 차에 올랐다.

"야, 너 무슨 소리를 하는 거야?"

나는 태연스럽게 웃었다.

"정신 차려. 그런 헛소리하지 마."

"무슨 소리야, 할머니 집에 계시잖아. 십자수 놓고 계시는걸."

지나는 힐끗 나를 보았다.

"야!"

"왜?"

"할머니가 어디 계셔. 정신 차려!"

"바보야, 나 안 미쳤어, 농담한 거야. 재미없게 안 통하네."

할머니와 나의 공모를 지나가 이해할 리 없었다. 외로움이 훅
들이닥쳤다. 외로움은 혼자 있을 때가 아니라 이해받을 수 있는
사람을 잃었을 때 찾아온다.

인터미션

   마티스의 〈붉은 조화〉를 가지고 '연 직업상담소'를 찾았지만 그를 만날 거라고는 기대하지 않았다. 이쯤 되니 그들의 영업 방식이 이해되었다. 제3의 연이 직업상담소를 지키고 있을 거라 예상했고 그것은 빗나가지 않았다.

   문을 연 사람은 쉰은 넘어 보이는 흰머리의 남자였다. 예측했음에도 불구하고 두 번째 연이 아니라는 것은 실망스러웠다. 흰머리의 남자 역시 안경을 쓰고 있었고, 잘 갖추어진 짙은 남색의 슈트를 걸치고 있었다. 그는 나를 아는 것처럼 살짝 웃었다. 아니면 낯선 이에게도 미소를 짓는 것이 습관인지도 몰랐다. 나는 연에게 전해달라고 십자수를 내밀었다.

   "제가 연입니다만."

   액자를 받아든 그는 난감해하는 표정을 지었다. 나는 가볍게 미소 짓고 돌아섰다. 어떤 연인지 설명하기도 곤란했지만 설명해도 그 존재를 인정할 것 같지 않았다. 연에게 전해지지 않아도 어쩔 수 없는 일이었다. 연과의 인연은 여기까지라고 생각했다. 나는 발길을 돌렸고 건물에서 빠져나왔다. 습관처럼 뒤를 살피며 전철역으로 향했다.

놈의 아내를 보러 가기로 마음을 먹은 후 전철을 탄 것인지 전철에 올라서야 결심한 것인지 분간이 되지 않았다. 한번은 카페에 다시 가보고 싶기도 했다. 놈의 부재를 확인하는 마지막 순간을 가져야겠다고 생각했다.

아침부터 인터넷이 이기섭에 대한 기사로 뜨거웠다. 놈의 미성년 성매매 이력이 한 언론사에 제보된 것이다. 언론에서는 놈의 뺑소니 사고를 재구성하며 살인 가능성까지 언급했다. 단순 뺑소니 사고 이상의 사회적 관심이 쏟아진 것이다. 놈을 치고 달아난 뺑소니 차량에 대한 제보 뉴스도 이어졌다. 그날 목격자가 도로에서 마주쳤다는 차량은 흰색 SUV였고 경찰은 그 차량을 쫓고 있었다. 우연이겠지만 내 차량도 흰색 SUV였다. 흔해 빠진 흰색 SUV. 그러니 크게 동요할 것은 없었다. 그렇다면 가장 유력한 용의자는 누구일까. 진작부터 나는 놈의 아내를 떠올리고 있었다. 놈의 아내는 악의 이면을 느낄 수 있는 가까운 자리에 있었다. 이 전제만으로 용의자가 될 수도 있었고 억울한 피해자에 그칠 수도 있었다. 그러나 악과 동거하며 악을 몰랐을 리 없다.

지하철역을 나오자마자 땀이 흐르기 시작했다. 태양의 조각들이 몸속 깊숙한 곳까지 휘젓고 있었다. 정수리가 타들어가듯 뜨겁고 어질어질했다. 나는 눈에 띄는 편의점으로 뛰어들었다. 생수를 집어 들어 그 자리에서 들이켰다. 땀에 흠뻑 젖은 블라우스가 몸에 들러붙었다. 젖은 블라우스 위로 에어컨에서 흘러나온 서늘한 공기가 스몄다. 오싹한 느낌이 들 정도로 체온이 순식간에 내려갔다. 생수 값을 지불하고 유리벽 앞 테이블에 자리를 잡고 앉았다. 산만해진 상태를 가다듬을 잠깐의 시간이 필요했다. 머리를 적시던 땀은 어느새 식어서 목덜미가 서늘해졌다. 일어나려는데 지나에게서 전화가 왔다. 카페에 가려 한다는 얘기를 듣고는 지나가 말했다.

"오늘 인터넷 기사 혹시 이기섭 얘기야? 뺑소니로 사망한 남자 얘기 나도 봤거든."

"맞아."

"상상 그 이상이던데. 십대 성매매에 감금 폭행이 웬 말이니."

"그것도 부분적인 얘기일걸."

"그래서 카페에 가보려고?"

놈의 아내로 헝클어진 삶을 살다간 엄마가 겹쳐졌기 때문인지도 모른다. 놈의 아내 자리가 어떤 것인지 나는 알고 있었던 것이다.

내가 입을 다물고 있자 지나의 목소리가 타이르듯 건너왔다.

"으이그, 뭐하러……. 잠깐, 나도 가."

지나는 잠깐만 기다려, 지금 나가, 라고 덧붙였다.

잠시 후 그녀는 트레이닝복에 머리를 질끈 묶고 편의점으로 들어섰다. 뛰어온 것인지 앞머리가 이리저리 엉킨 채 땀에 들러붙어 있었다. 우스꽝스러운 앞머리를 보자 큭큭 웃음이 났다. 흐트러진 앞머리가 나의 불안을 덜어주었다.

"거기는 왜 가려고?"

"글쎄, 궁금해서. 그 여자는 어떻게 사나."

"별게 다 궁금하네."

그럼 같이 가보자, 라고 말해놓고 지나는 전쟁터로 나서는 전사처럼 문을 향해 걸어갔다. 나는 그녀를 따라나섰다.

*

카페는 문이 닫힌 상태였다. 'Closed' 팻말이 유리문 위에 붙어 있었다. 조명은 모두 꺼진 채였다. 으슥한 어둠 속에 내부의 풍경이 깊이 잠겨 있었다. 지나는 굳게 닫힌 유리문을 흔들어보았다. 유리문은 꿈쩍도 하지 않았다. 지나는 어깨를 으쓱해 보였고, 나는 그만 가자고 말했다. 그 순간 등 뒤에서 여자의 목소리가 들렸다.

"오늘은 볼일이 있어서……."

지나와 나는 돌아보았다. 이기섭의 아내였다. 나는 단번에 기억해냈다. 얼굴이 야위고 긴 머리를 잘랐지만 몰라볼 정도의 변화는 아니었다. 그런데 여자도 나를 알고 있었다.

"저기…… 강라경 씨죠?"

이기섭의 아내는 카운터 안쪽으로 들어가 허겁지겁 커피를 내렸다. 에어컨이 막 돌아가기 시작했지만 공기는 후텁지근했다. 습한 공기가 피부에 감겨왔다. 나와 지나는 창가 자리에 앉아 손부채질을 하거나 블라우스 앞자락을 들썩여 바람을 불어넣었다. 여자와 어떤 얘기를 나누고자 한 것은 아니었다. 커피를 마시고 가라는 제안을 거절했어야 했다. 나의 불편한 기색을 눈치챈 지나는 내 손을 지그시 눌렀다. 나는 카페 내부로 시선을 돌렸다.

안쪽 깊숙한 곳에 그림 하나가 걸려 있었다. 에드워드 호퍼의 〈인터미션〉이었다. 어딘지 익숙하면서도 이질감이 느껴져 시선을 끌었다. 자세히 보니 십자수 그림이었다. 할머니도 언젠가 에드워드 호퍼의 작품을 수놓았다. 쌓여 있는 액자들 사이 그의 작품이 있을 것이다. 할머니 덕분에 나도 한눈에 에드워드 호퍼의 작품들을 알아볼 수 있었다.

〈인터미션〉에는 표정 없는 여인이 홀로 관객석에 앉아 있다. 무대로 짐작되는 정면을 주시하고 있는데 비어 있는 몇몇 의자와 잘려진 무대가 배경의 전부다. 단순하고 절제된 배경은 오로지 여자의 이야기에 집중하게 만든다. 저 의자에 앉기 전까지 여자에게 어떤 드라마가 있었는지 상상력을 발휘해보라는 작가의 의도가 읽힌다. 여자의 드라마를 어떻게 쓸 것인지는 보는 이의 몫이다. 외부 세계에서 상처받고 고립된 것일지도 모르고 고립감을 한껏 즐기고 있는 것인지도 모른다. 단절된 세계가 안전하다고 느낄 수도 있고 그 반대일 수도 있다. 그림은 이중적 시선을 모두 끌어안고 있다. 보는 이의 각도를 따라 작품의 이야기가 전혀 달라진다.

의자에서 일어나 〈인터미션〉 앞으로 갔다. 십자수를 취미로 하는 사람은 많지만 에드워드 호퍼의 작품을 십자수로 옮기는 경우는 흔치 않다. 하필 이 장소에서 십자수로 완성된 에드워드 호퍼를 만났다는 사실이 놀라웠다. 할머니가 수놓은 것일까. 그러나 할머니의 작품이 여기에 있다는 생각은 터무니없었다.

"카페는 정리할 거예요."

여자는 묻지도 않은 말을 하며 커피를 건넸다.

"이 십자수는 직접 수놓은 건가요?"

나 역시 여자의 말과 무관한 질문을 던졌다. 여자는 〈인터미션〉과 나를 향해 시선을 던졌다. 지금 왜 그런 쓸데없는 게 궁금하지, 하는 물음이 여자의 얼굴에 스며 있었다.

"어느 날 손님이 이 테이블에 놓고 갔더군요. 깜박 잊은 거 같아 기다렸는데 찾으러 오지 않아서 걸었어요."

할머니가 여길 다녀갔을까. 의문을 안은 채 의자로 돌아가 앉자마자 여자의 목소리가 이어졌다.

"몇 번 당신을 봤어요. 건너편 공원 의자에 앉아 있곤 했죠."

오랫동안 이 순간을 기다렸다는 듯 조급한 어투였다. 나에 대해 알 만큼 안다는 듯한 자신감도 풍겼다. 나는 당황한 것을 감추기 위해 커피를 한 모금 넘겼다. 빠져나갈 말을 만들어야 했다.

"슬쩍 공원으로 나가보기도 했어요. 당신 옆을 지나쳤죠. 당신은 나를 못 알아봤지만."

여자는 대단한 발견을 자랑하듯 말했다. 지나는 나와 여자를 번갈아 바라보았다. 내게서 여자의 말을 부인하는 어떤 대답을 기대하는 듯, 표정에 조바심과 호기심이 섞였다.

"잘못 봤을 겁니다. 저는 여기 온 적이 없는 걸요."

"내가 경찰에 제보했어요. 당신이 남편 주변을 맴돌았다고."

나는 여자를 향해 고개를 돌렸다.

"형사가 하도 시끄럽게 주변을 캐고 다녀서 그랬어요. 남편이 죽으면 아내가 가장 먼저 용의선상에 오르니까."

"아니, 그렇다고."

지나가 무슨 말인가를 꺼내려는데 여자가 잘랐다.

"없는 얘기를 한 건 아니고……. 걱정 마요, 강라경 씨보다 더 의심스러운 사람들 많으니까. 남편 죽이겠다고 협박 전화한 남자도 있어요. 지금 그 협박한 사람을 쫓고 있어요, 경찰들이. 그리고 어차피 당신보다 내가 더 유력한 용의자니까."

여자는 나의 궁금증을 감지한 듯 떠들었다.

"내가 죽였나 궁금해요?"

정적이 공기를 무겁게 내리눌렀다.

"내가 죽였는지 궁금해서 여기까지 온 거 아닌가?"

여자는 피식 웃음을 터뜨렸다.

"나, 그 사람한테 지겹도록 맞았어요. 내가 결혼한 이유는 아이 때문이었거든요. 그 사람이 아이 아빠가 되어주겠다고 해서. 근데 그 사람…… 내 인생의 악몽이었어. 그 악마 같은 놈을 떠나려고 했는데 미친놈에게 걸리면 그것도 잘 되지 않더라구. 미친 새끼한테 엮여서 내 마음대로 할 수 있는 게 없었어."

여자의 말은 횡설수설에 가까웠다. 그동안 목구멍 아래 밀려 있던 말들을 마구잡이로 꺼내 올리려는 듯이. 결과적으로 보면 나를 의심하는 것은 아니었다. 이기섭이 나쁜 놈이라는 것으로 수렴되는 얘기였다. 자신의 상처마저도 마치 오늘 점심에 먹은 식사 얘기라도 하듯이 대수롭지 않게 툭 던져놓는 것은 의외였다. 상처를 극복하는 방법은 제각각이다. 어쩌면 여자는 저렇게 과거를 털고 가는 방식을 택한 것인지도 몰랐다. 옷에 묻은 깃털이나 머리카락을 털어내듯. 쌓인 말을 모두 툭툭, 털고 일어나려고 하는 것인지도. 여자가 남편을 죽인 것처럼 보이지는 않았다. 숨기지 않으려 한다는 점에서 그랬다. 가진 패를 모두 오픈하는 것은 살인자의 방식이 아니다.

"저런, 역시 힘들게 사셨군요. 그럴 줄 알았어요."

지나는 고개를 끄덕이며 몇 마디 보탰다.

"이 카페도 다 내 돈이 들어간 거예요. 그 새끼는 대출만 잔뜩 받아서 그거 갚는 일만 남았어요. 대출을 갚으라고 빚 독촉이 말이 아니야. 그 악마는…… 내가 모를 거라고 생각했겠지만 미성년자를 돈으로 사는 거 다 알고 있었어. 그놈 죽이겠다고 협박 전화했던 남자도 피해 아이의 아빠였어. 내가 미친년이지. 그런 미친놈이랑. 정말 그런 놈일 줄 상상도 못했어. 당신 어머니도 아마 아무것도 몰랐을 거야. 그놈은 인간이 아니에요."

"진짜 그놈을 죽이려는 사람이 있었던 거네요."

지나의 목소리에 호기심이 끼어 있었다.

"한둘이 아니지. 나 만나기 전에 같이 살던 여자는 그 아들이 찾아왔었어요. 엄마를 괴롭힌 대가를 치르게 해주겠다고."

여자는 내게 시선을 던졌다. 너와 비슷한 경우지, 라는 말이 생략된 듯했다.

"아이고."

지나는 추임새까지 넣어주었다. 여자는 그 박자에 신이 난 듯 놈에 대해 떠들어댔다. 두들겨 패고 다음 날 미안하다고 하고, 또 며칠 지나면 미친 듯이 패고. 그 인간이 미친놈이어서……. 가정이 있는 척 포장하려고 내가 필요했던 거지. 그래야 나쁜 짓을 해도 의심받지 않거든. 여자는 그간의 설움을 다 쏟아낼 기세였다. 무기력함에 잠식당한 얼굴에 해방감이 비쳤다. 악을 떨쳐낸 자신에게 도취한 듯도 보였다. 악이 제거되고 누군가의 인생이 구원되었다면 역시, 놈은 잘 죽었다. 여자를 만나니 그것이 확실해졌고 위안이 되었다.

"혹시 차가 있으신가요?"

의자에서 일어나며 내가 물었다. 여자가 인상을 썼다.

"형사들이랑 똑같이 물어보네. 누가 죽였는지 왜 궁금할까."

여자의 목소리는 흥미롭다는 듯 들떠 있었다.

"아닙니다. 괜한 걸 물었어요."

"폐차했어요. 그 인간 죽고. 더 궁금해요? 그 인간을 제일 죽이고 싶어 한 건 누굴까? 그래, 나지. 내가 생각해도 나야."

카페를 나서는 우리에게 여자는 수수께끼를 던지듯 말했다. 놈을 죽였다는 고백을 하고 싶은 걸까. 그럴 리 없다. 피해자로 살아온 인생에 대한 회한에 더 가깝다. 여자가 던진 말은 내 안의 말들이기도 했다. 피해자는 비슷한 무늬의 삶을 산다.

카페를 빠져나오니 달구어졌던 태양이 식어가고 있었다.

우리는 지나의 집 방향을 따라 지하철역 반대편으로 발을 떼었다. 서너 개의 건물을 지났을 무렵, 뒤쪽에서 경찰차의 사이렌 소리가 들렸다. 우리는 발길을 멈추고 사이렌 소리를 향해 시선을 모았다. 카페 앞에 경찰차가 정차해 있었다.

더 깊이 가지 말아야 한다. 살인의 끝은 모든 것을 지우는 것이다. 실패했어도 마찬가지다.

밤의 카페

할머니의 십자수들이 방마다 걸렸다. 할머니 집을 그대로 옮겨온 듯한 느낌이다. 미처 걸지 못한 십자수들은 바닥에 겹겹이 세워졌다. 아침으로 커피를 마시면서 나는 매일 한 가지 십자수를 한참 동안 들여다보곤 한다. 계속 보고 있으면 보이지 않던 것이 보인다.

고흐의 〈밤의 카페 테라스〉 앞에 섰다. 노란빛이 따스하다. 파근파근 잘 익은 단호박을 가르면 나타나는 노란 빛이다. 빈 테이블 한편에 앉아 별을 보며 커피를 마시면 행복해질 것 같은 빛깔이다. 그림을 보는 순간 그 테이블에 앉아 삶을 쉬어 가는 따뜻한 상상 속으로 빨려든다. 저기에 앉으면 모든 상처가 치유될 것만 같다. 할머니의 메시지는 그런 걸까. 저기에 가라. 저기로 가라.

도대체 왜 십자수 따위를 놓느냐고, 꽃놀이도 가고 댄스 교실이라도 다녀보라고 할머니를 다그쳤었다. 여느 할머니들처럼 노래 교실에서 실컷 노래를 불러보면 좋지 않겠냐고. 할머니가 아파트에서 나를 기다리며 온종일 십자수를 놓는 것이 싫었다. 따분한 삶을 사는 것이 안타까웠다.

그런데 할머니의 십자수가 내게 속삭인다. 그림 너머로 말을 걸어 온다. 그것이 할머니의 목소리라도 되는 양 나는 귀를 기울인다. 내 얘기를 들어보렴. 너는 이렇게 행복했으면 좋겠다. 이렇게 좋은 날엔 카페로 가서 차를 마시렴. 노란 불빛 아래 포슬포슬한 공기의 감촉을 느껴보렴. 할머니가 내게 들려주는 이야기가 들린다. 마법처럼.

십자수를 보고 있자니 인간의 마음이란 사물 속에서 살아갈 수도 있다는 생각이 들었다. 할머니의 마음은 십자수 속에 현재화되어 있다. 나는 사물화된 할머니의 마음을 본다. 그 마음을 읽는다.

핸드폰이 울렸다. 〈밤의 카페 테라스〉 앞에서 할머니의 목소리를 듣고 있을 때였다. 두 번째 연이었다. 장례식에 함께 있던 연. 그가 연입니다, 라고 하는데 나는 〈밤의 카페 테라스〉로 눈길을 던졌다. 그가 그 카페에서 기다리고 있기라도 한 듯이.

"무슨 일로?"

"잘 계시나 해서요. 잠깐 볼 수 있을까요?"

오랜만에 외출 준비를 했다. 외출 준비라야 부스스한 머리를 잘 정돈해 묶는 것이 전부지만. 커튼을 걷고 날씨를 살폈다. 구름이 덮고 있는 하늘은 잿빛이다. 옷장에서 베이지색 얇은 재킷을 꺼내 들었다. 재킷을 입는 것도 오랜만이다. 걸치고 있던 낡은 잠옷은 침대 위에 던져놓았다. 오래된 허물을 벗어버린 것 같다. 옷은 내가 어떤 시간을 살고 있는지 명료하게 보여준다.

*

카페에 도착하니 연이 기다리고 있었다. 그는 십자수를 잘 받았고 고마움을 전하고 싶었다고 말했다. 할머니가 십자수를 놓는 취미가 있었고 어마어마한 양의 십자수 액자들을 남겼으니 대단한 선물은 아니라고 나는 설명했다. 집 벽을 가득 채운 할머니의 십자수를 떠올리니 왠지 뿌듯했다. 할머니는 다 계획이 있던 것일까, 하는 생각마저 들었다. 그 많은 십자수를 하나하나 들여다보고 있으면 세월을 홀쩍홀쩍 뛰어넘을 것 같다. 할머니의 메시지를 읽어내면서 남은 생을 견뎌볼 수도 있을 것이다.
"새로운 직장을 구하실 생각은 있으십니까?"
"글쎄요. 아직은 좀 더 쉬고 싶네요."
"마음을 추스르려면 일을 하는 것도 나쁘지 않습니다."
"정말로 직업상담사 역할을 하시려고 하네요."
진심으로 그의 의도가 궁금했다.
"실은 원하시면 추천할 만한 곳이 있어서……."
연은 아쉽다는 듯 말끝을 흐렸다. 그러고는 저녁으로 파스타를 먹을 생각인데 함께 가지 않겠냐고 물었다.

카페에서 건물 몇 개를 지나니 파스타 식당이 있었다. 그는 파스타를 주문하고 기다리는 동안 면을 좋아하는 식성에 대해 털어놨다. 삼시 세끼를 국수만으로 때울 수도 있을 것 같다고. 탄수화물 중독인지도 모르겠다고.

"국수 말고, 취미나 좋아하는 운동 같은 건요?"

개인적인 질문이었다. 이왕 여기까지 왔으니 연이 어떤 인간인지 들여다보기로 했다.

"골프를 봅니다."

"골프를 치는 게 아니라 본다고요?"

"네. 그냥, 골프 중계만 봅니다. 골프를 배우긴 했지만 왼쪽 손목이 좋지 않아서 포기했고, 그냥 보기만 합니다."

"재미가 있나요?"

"보고 있자면 안타깝죠. 하나의 홀을 향해서 열심히 공을 치는데, 홀을 비껴가는 걸 보면. 그게 그냥 인생 같아서 자꾸 보게 됩니다. 가까스로 홀에 공을 넣어도 또 다른 홀로 가서 또 공을 넣기 위해 애를 쓰죠. 공은 계속 빗나가요. 그러다가 홀을 향해 공이 날아가는 멋진 샷이 나오면 감탄스럽죠."

"결국 계속 빗나가는 게임이라는 얘기네요."

"그렇죠."

"그런데 왜 보죠?"

"그 아주 멋진 공을 기다리는 거죠."

"아주 멋진 공?"

"포물선을 그리며 예쁘게 날아가 핀 옆에 붙는 공. 수없이 빗나가는 순간을 넘기는 것이 삶인 거 같아요. 빗나가는 그 순간조차 완성에 대한 의지를 갖고 있거든요. 공이 날아가는 동안에는 어쨌든 삶에의 의지를 놓지 않은 겁니다. 그런 과정들이 좋습니다."

그러고 보면 빗나가는 순간조차 내게도 삶의 의지가 스며 있었던 것인지 모르겠다. 그리고 멋지게 날아가는 순간이 있을 거라고 희망했다. 이기섭의 죽음이 내게는 그런 순간이었다.

그는 파스타 접시의 면을 모두 비우고 냅킨으로 입을 닦더니 아직 파스타가 가득 남겨진 내 접시를 힐끔 보았다. 내 접시까지 탐내지 말라는 농담을 던지려다가 그만두었다. 농담을 할 만큼 가까운 사이는 아니었다.

"혹시 골프 선수가 꿈이었나요?"

"어릴 때는요."

"그럼 어쩌다가 이 일을……."

연을 만나고 내내 마음을 따라다닌 궁금증을 드디어 꺼내놓았다. '연 직업상담소'라는 조직에서 그는 어떤 일을 하고 있는 것일까. 그는 내가 살인을 의뢰했던 연과 다른 사람일까. 그도 누군가를 제거하고 묻는 일을 하는 걸까. 내가 가진 연에 대한 조각은 너무나 빈약했다. 그에게도 내밀한 사연 하나쯤 있을 것이라는 추측만 할 수 있을 뿐이다. 내 패는 모두 오픈되었는데 나는 그에 대해 아는 게 없었다.

"영업 비밀이라는 게 있습니다. 우리 세계에선 그게 우선입니다. 근데 말해둘게요. 나쁜 놈들을 제거하는 놈도 결국 나쁜 놈입니다."

그는 난감하다는 듯 손가락으로 눈썹을 쓸었다.

"골프 얘기로 돌아가면, 핀에 가까이 가지 못하는 공들이 많아요. 그냥 아웃되어 버리는 공도 꽤 있고요. 어디로 가야 할지 안다고 해서 가지는 못한다는 말입니다. 목표 지점으로부터 자꾸 멀어지기도 하죠. 우리는 그런 인생을 삽니다. 진짜 멋진 포물선을 그리며 목표 지점으로 가는 인생은 거의 없어요. 나도 그런 케이스죠."

그의 말대로 우리는 어디로 갈지 모르는 채로 놓여진 공 같은 존재였다. 신들의 골프 놀이에서 형편없는 샷으로 잡풀 속에 떨어져버린 그런 존재. 그러나 그런 운명론으로 돌려버리는 것이 불행에 대처하는 올바른 방식은 아니다. 그것은 책임을 물어야 할 사람에게 면죄부를 주는 일이다. 운명론으로 돌린다면 이기섭이라는 악도 변명의 여지가 생긴다. 연의 말을 이해할 수 있는 것과는 별개로, 어쩐지, 그가 내 질문의 의도를 회피한다는 생각도 들었다. 자신이 누구인지 대답하기를 외면하려는 듯.

"잠깐만요."

연은 창문 너머로 시선을 던졌다가 물컵을 집어 들었다. 그의 얼굴엔 미소가 떠올랐지만 안경 안쪽의 눈빛은 날카롭게 창문 쪽을 주시했다. 돌아보지 말아요, 가만히 있어요. 그의 목소리는 낮고도 침착했다. 골프 얘기를 늘어놓을 때와는 사뭇 다른 어조였다. 창문 너머에 예상치 못한 무언가가 있다는 말이었다. 긴장감이 빠르게 파고들었다. 나는 창문을 돌아보지 않고 접시 위의 포크를 매만졌다.

"무슨 일인가요?"

그는 대답 없이 물을 마시고 미소를 짓더니, 화장실에 다녀오겠다고 말했다. 나는 고개를 끄덕였다.

"내가 자리를 비워도 돌아보지 말고, 핸드폰 보고 있어요."

평정을 유지한 톤에 날카로움이 서려 있었다. 연은 화장실 방향을 향해서 식당을 가로질러 갔다. 그 걸음은 서두르지 않는 듯하면서도 빨랐다. 소매를 걷어 올리는 뒷모습이 시야에서 사라지고, 그의 말대로 나는 얌전하게 핸드폰을 들어 인터넷 서핑을 시작했다. 창문 너머에서 벌어지는 일에 호기심이 일렁였지만 억지로 인터넷 기사 몇 개를 읽었다. 미행이 붙은 것 같다는 직감이 스쳤다. 형사들일 수도 있었다. 아니면, 연의 새로운 표적이거나 의뢰인. 인내심이 바닥난 나는 창으로 고개를 돌려 거리를 응시했다. 어둠과 빛이 교차하는 공기는 푸르렀다. 도로에는 이미 헤드라이트를 켠 자동차들이 줄지어 늘어서 있었다. 거리 곳곳을 훑었지만 수상한 사람이나 연은 보이지 않았다.

"많이 기다렸죠?"

목소리가 불쑥 끼어들어서 돌아보니 그가 의자에 앉는 중이었다. 시계를 보니 삼십 분쯤 흘러 있었다.

"화장실에 줄이 길었던 건 아니죠?"

자세히 보니 단단히 고정되어 있던 앞머리가 이마로 흘러내려왔다. 밖에서 심상찮은 일이 있었음을 말해주는 표식 같았다. 내 시선을 의식한 듯 그는 손을 뻗어 앞머리를 정리했다. 걷어 올렸던 셔츠 소매는 단정하게 내려와 있었다.

"적을 만들었더군요. 그러면 삶이 불편해져요."

그는 메모리 카드 하나를 테이블 위에 올려놓았다.

여행 가이드

제주를 향해 출발하기 전 태풍이 근접했다는 뉴스가 있었다. 비행기가 상공으로 접어든 지 얼마 후 강풍으로 기체가 심하게 흔들린다는 안내 방송이 흘러나왔다. 안전벨트 사인이 반짝거리고 있었고 몸이 기우뚱거릴 정도로 기체가 덜컹거렸다. 안전벨트를 채우는 소리가 여기저기서 들려왔고, 승무원들이 힘겹게 균형을 잡고 복도를 오가며 승객들의 상황을 체크하고 있었다.

나는 흔들리는 기체 안에서 이기섭에 관한 기사를 읽어나갔다. 놈이 주기적으로 어린 여자들을 샀고, 그중 한 아이의 아버지인 A씨가 놈을 협박하고 돈을 뜯어냈다. 놈의 아내가 말했던 남자였다. 놈은 대출까지 받아 A씨의 입을 막으려 했지만 협박은 계속되었다. 대부 업체에서 놈에게 상환을 촉구하는 문자들을 보낸 것도 확인된 사실이었다. A씨는 종적을 감춰버렸고, 공개 수배 대상에 올랐다. 오십대, 건설 현장 노동자, 고향은 경기도. A씨의 아내는 오래전 집을 나갔고, A씨 행방에 대해 아는 바가 없었다.

뉴스 기사에 의하면 이기섭은 졸피뎀이나 수면제 등을 불법으로 구매하여 쓰기도 했다. 죽음의 진상이 다시 모호한 안개 속으로 갇히고 있었다. 놈이 졸피뎀을 복용한 후 몽롱한 의식 상태에서 정말로 뺑소니를 당한 것이라면? 그건 악에게 어울리지 않는 종말이었다. 합당한 최후라면, 돈을 뜯기고 협박을 당하다 비참하게 소멸되는 것이다. 놈이 적절한 최후를 맞았기를 희망하며 나는 안전벨트를 단단히 조였다.

종려나무들은 휘어진 채 바람의 흐름을 견뎌내고 있었다. 렌터카를 타고 금능의 숙소로 향했을 때 유리창에 비가 떨어지기 시작했다. 비는 금세 굵어져 차창을 어지럽게 뒤덮었다.

내 안의 많은 것들도 거세게 흔들리고 있었다. 무엇보다 할머니가 그리웠다. 누군가를 떠나보내는 일이 힘든 것은 이제는 없는 그 사람을 그리워하는 순간이 찾아오기 때문이다. 장례식을 치를 때는 비현실적이었던 할머니의 죽음이 일상 속에서 뚜렷하게 느껴졌다. 아침에 눈을 뜨면서, 저녁은 할머니와 함께 먹어야겠다고 무심히 생각하다 십자수 액자들에 시선이 부딪히면 아차, 하는 마음이 들었다. 현재의 시간에서 할머니의 존재는 끊임없이 부정되었다.

십자수를 마주하고 할머니의 마음을 읽을수록 할머니가 없다는 현실에 부딪혔다. 데이비드 호크니의 〈페어런츠〉를 들여다보다가 두 시간이 넘도록 눈물이 흘러서 십자수를 뒤집어버렸다. 그날은 멸치국숫집을 찾아 강북 일대를 뒤졌다. 멸치국수를 주문하고 킁킁거리며 육수 냄새부터 맡았다. 그러나 할머니의 국수 맛이 아니어서 몇 가락 뜨지도 않고 나와버렸다. 이후 하루에도 서너 곳의 국숫집을 찾아 나섰고 하릴없이 돌아섰다. 제주행이 결정된 것은 그즈음이었다. 지나가 그만 멸치국수를 포기하라며 비행기표를 끊어주었다.

숙소에 도착하기 전 라면집에서 점심을 먹었다. 창문 너머 바다가 있는 식당이었는데 창밖은 모든 것이 흐릿했다. 라면을 먹는 내내 폭격처럼 바다 위로 비가 덮쳤다.

식당을 나섰을 때는 비가 더 굵어져 있었다. 우산은 몸살을 앓듯이 몸을 뒤틀었고 비가 들이쳤다. 차에 가까스로 올라탔을 때 전화가 왔다. 연이었다.

"제주에 있어요."

"언제 올라오나요?"

"내일모레."

"괜찮아요?"

"그럼요."

"혹시……"

연은 무슨 말인가를 하려다 삼켰다.

"여기는 태풍이 오는 게 보여요."

"그렇군요. 잘 지내다가 올라와요."

며칠 전, 연은 파스타 식당에서 잠시 자리를 비웠다가 돌아와 박민우라는 사람이 나에게 미행을 붙였다고 말했다. 적을 만들었다는 표현은 박민우를 두고 하는 말이었다. 박민우의 의뢰를 받은 전문가가 내 사진들을 찍고 있었다. 연은 메모리 카드를 내 앞에 내밀었다. 다시는 뒤를 캐지 못하게 처리해두었지만 장담할 수는 없어요, 라고 그는 말했다. 빌미가 될 만한 것을 주지 말라고도 덧붙였다. 먹잇감을 찾는 이들에게는 어떤 꼬투리든 먹잇감이 된다고. 박민우가 내 뒤를 캐는 것은 상하 일을 보복하기 위함일 것이다. 생각보다 진한 악의 피가 흐르는 놈이다. 이번에는 연이 해결했지만 여기서 끝일지는 알 수 없다. 나쁜 놈들은 목표물을 정하면 놓지 않는다. 만약을 위해 늘 경계해야 한다. 그날 이후 자주 뒤를 돌아보고 주변을 살폈다. 박민우든지, 경찰이든지 내 뒤를 밟을 수 있다고 생각하며 긴장했다. 괜찮냐는 연의 질문은 진지하게 안위를 묻는 것이었다. 숙소로 향하는 차 안에서도 나는 백미러를 자주 들여다보았다.

3층에 있는 숙소로 작은 엘리베이터를 타고 이동했다. 방에는 흰색 시트가 깔린 침대가 바다를 향해 놓여 있었다. 간단한 취사를 할 수 있는 주방이 침대 뒤에 자리했다. 캐리어를 침대 옆에 세워놓고 한 면을 전부 차지하고 있는 창문으로 다가갔다. 창문 가까이 다가가서 보니 바다를 둘러싸고 있는 작은 방파제가 보였다. 몇 발만 뒤로 물러서면 창에는 바다와 하늘만 꽉 들어찼다. 경계가 모호해진 바다와 하늘은 회색빛 불투명 유리처럼 보였다. 비와 바람이 사납게 바다를 흔들고 있었다. 바다의 표면은 거칠게 꿈틀대며 저항했다. 격렬함을 억누르지 못할 때면 창문 가득 파도를 밀어 올렸다. 파도멍 때리기에 좋지, 라고 지나가 말했던 대로였다. 파도가 방파제 위로 솟구치고 부서지는 과정은 시선을 계속 붙들었다. 이대로 오래도록 단절된 채 제주에 남아 있는 것도 괜찮을 것 같았다. 고립감이 주는 안정도 있다. 낯섦 속에서 위로를 받기도 한다. 제주는 내게 어떤 추억을 불러일으키지 않는 순연한 장소였다. 할머니조차도 기억의 아주 먼 곳으로 떠밀려 간 기분이었다.

작은 테이블 위에는 제주 관광 지도와 맛집 가이드북이 놓여 있었다. 그런 책자들을 보니 관광지에 있다는 실감이 났다. 하지만 관광지를 돌아볼 마음은 일지 않았다. 방을 벗어날 일도 별로 없을 것 같다는 생각이 들었다. 편의점을 찾아가 필요한 식사 거리만 사 들고 오면 될 것 같았다.

오후 늦게 숙소 사장에게서 연락이 왔다. 비가 많이 오니 멀리 나가 식사하는 게 어려울 것 같은데 1층으로 내려오면 어떻겠느냐고. 사장이 운영하는 라면집이 1층에 있었다. 라면은 점심에 먹었지만 알겠다고 대답했다. 걱정해 전화를 걸어준 것이 고마웠지만 막상 가려니 썩 내키지 않아 하얀 시트로 덮인 침대에 누워 있었다. 커다란 창은 검은 거울로 변해가는 중이었다. 파도 소리는 멀어지고 가까워지며 귓가를 떠다녔다. 부드러운 손이 등을 토닥토닥 두드려주는 듯했다.

연의 전화가 온 것은 깜빡 잠이 든 후였다. 그는 제주 공항에 막 도착했다고 말했다. 느닷없이 제주라니, 나는 무슨 소리냐고 물었다. 제주의 한 숙소에 누워 있다는 사실조차 잊고 있던 것이다. 연은 저녁을 함께하면 어떻겠냐고 물었다. 나는 꿈속을 헤매는 기분으로 알았다고 했다. 전화를 끊으려다가 그제야 숙소 식당에서 사장이 기다리고 있다는 것도 생각났다. 라면 얘기를 듣고 연은 이곳으로 오겠다고 했다.

의심하고 경계하는 것은 나의 오랜 습관이다. 안전에 대한 남다른 촉이 언제나 곤두서 있다. 누군가가 품은 의도를 분석하려고 애를 쓴다. 그것이 피해자의 습성이라는 것을 안다. 언젠가 정신과 의사는 내가 언제나 어깨를 잔뜩 세우고 있다고 말했다. 연을 향했던 뾰족한 어깨는 언제부턴가 서서히 내려앉더니 이제 편안한 각으로 돌아왔다. '나쁜 놈을 해치우는 나쁜 놈'이라는 말이 오히려 안전하게 느껴지기 때문인지도 모른다. 좋은 사람이 나쁜 놈으로 밝혀지는 경우는 많다. 그러나 나쁜 놈은 나쁜 놈일 뿐이다. 살인 청부업자는 결국 살인 청부업자이지 그 이상 나빠질 것은 없었다.

연이 도착하고 우리는 문어라면을 주문했다. 내가 안 오는 줄 알았다며 사장은 문을 닫으려던 참이라 했다. 가게 바깥 대형 수조에서 문어 한 마리를 건져내는 사장의 손길이 매우 빨랐다. 꿈틀거리는 커다란 문어를 잡는 동안 우리의 시선은 계속 시장을 따라갔다. 사장의 등에 가려서 요리 과정은 보이지 않았지만 우리는 그 뒷모습을 주시했다.

"문어가 사람을 문다던데."

오래전 텔레비전에서 본 장면이 생각나 말했다. 문어를 얼굴에 올리고 사진을 찍던 남자가 문어에게 턱을 물린 것이다. 게다가 문어가 쏜 독 때문에 얼굴이 퉁퉁 부은 모습이 화면에 담겼는데 사람의 얼굴로 보이지 않았다.

"문어도 자신을 방어할 수 있겠죠."

"그렇죠. 살아 있으니까."

"무언가를 파괴하기 위해서가 아니라 자신을 지키기 위해서."

"파괴하는 것이 목적이 아니라는 게 마음에 드네요."

"목적이 다른 일이죠. 그러니까 파괴라는 개념 자체를 쓸 필요가 없다고 봅니다. 애초에 파괴가 아니니까."

"그건 옳은 일일까요?"

"옳고 그름을 떠나……. 결국 악을 막는 건 우리를 지키기 위해서니 어쩔 수 없다고 해야겠죠."

"우리 지금 문어에 대해서 말하고 있는 거죠?"

"그럼요. 독을 쏘는 문어에 대한 얘기죠."

나는 문어 요리에 열중인 사장의 뒷모습에 다시 시선을 던졌다.

"어쨌든 문어는……. 오늘 우리의 저녁 메뉴입니다."

연이 물을 한 모금 넘기고 목을 가다듬었다.

"며칠 전에 박민우가 다시 사람을 샀다는 보고를 받았습니다. 라경 씨를 미행하고 집에 카메라까지 설치하려 했어요. 박민우 쪽을 계속 주시하고 있는 중인데 심상치 않습니다. 혹시 하는 마음에 여기까지 내려왔습니다. 라경 씨에게 얘기하지 않으려 했는데……."

"놀라운 일이군요."

목소리는 차분했지만 마음은 출렁했다. 다시 악의 한 덫에 걸린 듯했다.

"그 사람을 처리할 수는 있지만 하지 않을 겁니다. 현재로써는 누군가를 지키는 일을 넘어서는 거라 생각하거든요."

처리한다는 말에 문어가 꿈틀거리듯 마음이 요동쳤다. 연은 안경을 벗어 냅킨으로 닦았다.

"걱정을 끼치려고 하는 말이 아닙니다. 정보가 없다는 게 불리할 때도 있어서 말하는 겁니다. 자신을 지키려면 자신이 어떤 처지인지 알아야 하니까요."

잠시 대화가 끊긴 사이 라면 두 그릇이 테이블에 놓였다. 잘 삶아진 문어가 살아 있는 것처럼 외형을 유지한 채 라면 위에 올라가 있었다. 사장은 문어를 잘게 토막내 주면서 술이 필요하냐 물었다. 연은 얼른 먹고 일어나겠다고 대답했고 그의 말대로 우리는 순식간에 라면을 해치우고 일어났다.

연은 비행기에서 숙소를 예약했다고 했다. 공항 근처의 숙소였고 그는 비바람을 뚫고 그곳으로 갔다. 나는 연과의 대화를 곱씹

으며 방으로 돌아갔다.

　침대 위에서 오래도록 뒤척였다. 서걱거리는 이불 소리 사이로 매트리스가 삐걱거렸다. 소음은 어둠 속의 적요를 일깨웠다. 제주의 밤은 적막했다.

*

　다음 날 아침, 우리는 1층 식당에서 해물뚝배기를 먹고 금능 해수욕장을 걸었다. 마치 원래부터 함께 여행하기로 약속한 사람들처럼. 아침을 먹는 사이 비는 그쳤다. 태풍은 경로를 태평양 쪽으로 틀었다. 제주는 간접 영향권에 들었다. 하늘은 아이언 방패같은 잿빛이지만 바다는 전날보다 얌전해졌다. 태풍이 떠난 바다는 격렬함을 내려놓고 푸름을 복원하고 있었다. 일기예보가 형편없다고 우리는 기상청의 오보에 혀를 내둘렀다.

　평일 낮인데다 비가 그친 후라 바다는 비어 있었다. 우리는 신발을 벗어들고 물기를 머금은 모래 위를 걸었다. 발에 닿는 모래의 느낌이 폭신한 라텍스 같았다. 반바지를 입은 연은 가끔 바다로 들어가 발을 담갔다.

　튀김가루를 묻힌 듯 모래로 뒤덮인 발을 하고 도로변 카페로 갔다. 바다를 향해 둥근 창이 나 있는 카페였다. 우리는 화장실에서 발을 닦고 창가에 앉았다.

　"오늘은 내가 가자는 곳으로 가보면 어때요?"

연의 목소리가 침묵 속으로 뛰어 들었다. 나는 연을 바라보았다. "패키지 여행 같은 걸 왔다고 생각하고 절 그냥 따라다니면 되는 겁니다."

연은 무언가를 더 말하려는 듯하다가 입을 닫았다. 그러고는 안경을 치켜올리고 커피를 마셨다.

"삼나무 숲길이 있는데 오후에는 거기를 갑시다."

그는 약간 신이 난 목소리로 말했다. 당신이 무슨 생각을 하는지 아는데, 그런 건 다 던져버리고 그냥 여행이나 하자, 그런 의미로 들렸다. 명쾌하게 선을 그어주어 나는 한결 편안해졌다. 쾌활한 척하는 것으로 정말 쾌활해지기도 하는 법이다.

삼나무 숲은 물기를 머금고 있어 축축하면서도 시원했다. 키가 큰 삼나무들은 하늘을 온통 뒤덮을 정도로 높고 울창했다. 하늘에 촘촘한 그물 장막이 쳐진 듯 어둑어둑한 숲속 데크 길을 우리는 천천히 걸었다. 한쪽에는 웨딩 촬영을 하는 커플이 있었다. 흰 드레스와 정장을 입은 커플은 삼각대에 세워진 카메라 앞에서 다정한 포즈를 취했다. 그 커플을 눈으로 좇으며 지나쳤다. 그는 얼마 전에 끝난 골프 경기 얘기를 들려주었다. 미국 여자 골프 경기에 데뷔한 지 15년 만에 우승한 선수에 대한 얘기였다. 아직은 그만둘 수 없었다는 것이 우승 소감이었다고 했다. 아직은 그만둘 수 없다, 라는 그 집념을 나는 이해할 수 있을 것도 같았다.

무언가를 끈질기게 버티는 나와 비슷한 인간들. 전혀 다른 각도에서 살아온 삶이지만. 나는 과학 샘 경희를 떠올렸다. 그녀는 얼마 전 EBS 입성에 성공했다. 그 기념으로 20년 된 부모님 집 욕실을 리모델링해주었다. 욕실이 낡아 천장 무너지겠다고 부모님이 엄살을 피워서 시작한 일이야, 라고 말하면서도 경희는 뿌듯해하고 있었다.

삼나무 숲길이 끝나자 작은 오솔길이 이어졌다. 아침까지 내린 비 덕분에 길에는 물웅덩이가 곳곳에 만들어져 있었다. 운동화에 진흙이 묻어나고 바짓부리에 튀었지만 신경 쓰지 않았다. 물웅덩이를 폴짝폴짝 넘으며 한참 비포장도로를 걸었다. 하늘에 먹구름이 드리워질 즈음 더 걷기를 포기하고 돌아섰다.

우리의 대화는 그 길을 걷는 것과 비슷했다. 물웅덩이를 넘듯 민감한 지대를 피해 안전한 영역에서만 대화가 오고 갔다. 우리와는 무관한 골프, 일타 강사, 로또 당첨자 얘기부터 웨딩 촬영을 하던 남자의 머리가 우습게 말려 올라갔다는 얘기까지.

돌아가는 길에는 해안도로를 달렸다. 풍력발전이 돌아가는 해안도로 위에 있을 때 다시 비가 내렸다. 연은 가까운 카페에 차를 세웠다. 검은 현무암과 바다가 격정적으로 조우하는 곳이었다. 2층에서 커피를 마시면서 다시 바다를 마주했다. 비에 젖은 바다는 또다시 격앙되어 몸을 비틀어대고 있었다. 그는 인터넷에서 맛집을 찾았다. 그곳에서 저녁을 먹기 위해 다시 차를 몰고 한 시간 넘게 달렸다. 성수기가 아닌 평일인데도 테이블이 꽉 차 있었다. 우리는 가까스로 마지막 테이블을 차지하고 앉았다. 우리 뒤로 들어온 사람들은 대기표를 받고 웨이팅을 했다. 연은 마치 트로피라도 얻은 듯 기뻐했다. 곧이어 전복과 톳을 넣어 지은 밥과 반찬들이 테이블 가득 차려졌다.

처음에 계획했던 것과 사뭇 다른 모습의 여행이었다. 실은 계획 따위 있지도 않았다. 지나가 예약한 대로 마지 못해 제주에 도착해 있을 뿐이었다. 여행자로서의 목적이나 의지도 없었다. 맛집 탐방 같은 것도 전혀 의도하지도 않았다. 그러나 여행지는 새로운 무대가 될 수도 있었고 여행자는 배우가 되기도 했다. 맡은 배역은 생경하면서도 자연스러움을 요구했다. 걷지 않던 길을 걷고, 먹지 않던 음식을 먹는다. 그런 시간들을 겹겹이 쌓는 것이 역할이었다. 생각해보면 그런 이유로 여행 가방을 꾸리고 긴 탑승 수속을 기다리는 것이다. 새로운 시간을 쌓아야 불행한 일들을 중화하고 희석한다. 기억 위에 기억을 계속 덮어야 한다. 그것이 여행지에서 해야 할 일이다. 그것을 깨닫게 하려는 것처럼 연은 제주의 곳곳으로 나를 데려갔다. 여행 가이드로 나선 그가 아니었다면 나는 침대 위에서 바다멍을 때리고 잠에 빠지기를 반복하다 비행기에 몸을 실었을 것이다.

밤의 카페 테라스에서는 맥주 몇 캔을 나눠 마셨다. 차양이 걸린 테라스에는 비가 쏟아지고 있었다. 가볍게 드럼을 두드리는 듯 빗방울이 차양 위로 떨어졌다. 차양은 바람에 날아갈 듯 부풀어 올랐다가 꺼지면서 펄럭펄럭 거친 소리를 내기도 했다. 느닷없이 빗줄기가 세지면 차양을 뚫고 비가 들이쳤다.

"언젠가 원하지 않는 죽음을 결정한 적이 있습니다."

그의 목소리가 빗방울처럼 떨어져 내렸다.

"정말 나쁜 놈이 된 것 같은 기분을 떨치기 어렵더군요."

"왜, 그렇게 했는데요?"

"쓰레기를 처리하다 생기는 부작용 같은 거죠. 그 사람은 살아야 할 사람이었는데 살리지 못한 겁니다. 선한 누군가도 죽음에 쓸려 들어갑니다."

"불행한 일이군요. 원하는 일만을 할 수는 없다는 점에서. 누구나 그렇게 살지만."

"나를 좋은 사람이라 생각하지 말아요."

"여기까지 와서 그런 걸 알려주시다니. 모르는 것도 아닌데."

"알고 있는 것보다 더 그럴 겁니다."

"왜 이래요? 나 역시 사람을 죽이려 했는데. 나도 결국 나쁜 놈을 죽이려 한 나쁜 사람인걸요. 놈을 생각하면 나쁜 사람이 되는 게 나는 마음에 들어요."

그는 대리기사를 불러 그의 숙소로 돌아갔다.

침대로 기어 들어가니 깊은 잠이 찾아들었다. 생각이나 꿈이 끼어들지 않은.

아침으로 해물라면을 먹고 각자 공항 근처의 렌터카 센터로 이동했다. 마치 연극이 끝나고 무대를 떠나듯. 우리는 각각 다른 항공사 비행기에 몸을 실었다. 40분의 시차를 두고 두 대의 비행기가 각각 서울로 향했다.

*

　묘하게도 제주에서 서울로 돌아오는 비행기에서도 이기섭 살해 용의자에 관한 기사를 읽었다. 내가 제주에 머물던 며칠 동안 행적이 묘연했던 A씨가 마산의 한 모텔에서 붙잡혔다. 모텔 주인의 신고로 A씨가 순조롭게 경찰의 손에 넘어간 것이다. A씨가 끝까지 경찰의 추적을 따돌리기를 원했던 나에게는 애석한 일이었다. A씨는 수개월간 놈을 협박하고 2억 원이 넘는 돈을 뜯어냈다. 놈은 신용대출부터 사채까지 동원해 가까스로 A씨를 달래고 있었다. A씨의 딸 B양은 인터넷 채팅에서 만난 놈에게 지속적으로 성관계를 강요당했다. 가족에게 폭로하겠다는 협박 때문에 만남을 계속 가졌다고 했다. A씨는 놈이 어떤 인간인지 아무도 모른다고 떠들어댔다. 놈이 죽기 전 A씨는 다시 3천만 원을 요구했는데 그게 화근이었다. 더는 돈을 마련할 수 없다며 놈이 스스로 경찰서에 걸어가겠다고 나서면서 A씨는 살인을 결심한 것으로 전해졌다. 댓글창은 이기섭에 대한 시시비비로 뜨겁게 달구어졌다. 잘 죽었다는 댓글부터 그래도 법이 해결해야 한다, 악마는 가두어도 악마다, 악마가 죽었으니 다행이라는 댓글까지. 그중 내 시선을 붙잡은 것은 A씨를 위해서 증인으로 나설 수도 있다는 글이었다. 자신도 그놈의 피해자라고, 놈을 죽이려고 마음먹었던.

숲의 이면

   십자수가 가득한 방으로 돌아온 다음 날, 우편물에서 수상한 봉투를 발견했다. 며칠 사이 우편함에는 각종 광고지부터 고지서까지 다양하게 들어차 있었다. 거실 테이블에 우편물을 쏟아놓고 훑어본 뒤 필요한 것들만 챙겼다. 그런데 손가락 사이에 두툼한 우편 봉투가 걸렸다. 누런색에 작은 책 크기의 봉투는 꽤나 묵직했다. 나는 봉투를 뜯어 내용물을 쏟아냈다. 열대여섯 장 정도의 사진들이 테이블 위로 우르르 토해졌다.

   지하철을 타고 있거나 식당에서 식사 중인 일상을 담아낸 사진이었다. 연예인의 파파라치 컷과 비슷했는데 모든 초점이 한 여자에게 맞춰져 있었다. 사진 속의 여자가 나를 닮은 것 같다는 생각을 하고 나서야 닮은 것이 아니라 나라는 것을 깨달았다. 순간 호흡이 끊기고 마음이 소란스러워졌다. 나라는 것을 알면서도 한참이나 들여다보았다. 내 삶의 단면이 고스란히 담긴 사진들이 내게 도착한 것이다. 누군가 나를 향해 지속적으로 셔터를 눌렀고 그것들을 내게 보냈다.

　박민우가 가장 먼저 마음을 스쳤다. 미행을 붙인 적도 있었으니 가능성이 없는 것은 아니다. 그러나 사진 속 날짜는 2년 전. 게다가 박민우의 짓이라면 내게 사진을 보낼 리도 없었다. 박민우보다 먼저 나의 뒤를 밟은 사람이 있었다는 의미였다. 그 순간, 제주에서 체크인을 하던 중 경희에게 왔던 전화가 떠올랐다. 무슨 사진인가를 우편함에 넣어두겠다고 했다. 경희에게 문자를 보냈더니 이내 전화가 왔다.

　"우편함에 사진 넣어둔 거 봤어?"

　"응, 무슨 사진이야?"

　"십자수 액자 뒤에 있었어. 지난번에 할머니 작품이라고 준 거 있잖아."

　"모네의 〈수련〉? 그 액자 뒤에 있었다는 거야?"

　"응. 액자가 떨어져서 틀이 망가졌는데 표구 새로 하려고 보니 있었어. 직접 주려고 근처까지 갔다가 연락했는데 제주라고 해서 끊었잖아."

　사진들이 왜 십자수 뒤에 있었을까. 목적 없이 사진을 찍는 사람은 없다. 더구나 뒤를 캐는 사진이라면. 사진을 다시 찬찬히 살폈다. 내게 들키지 않고 이런 컷들을 담아내려면 전문가가 붙었다는 말이다.

십자수 뒤에 사진이 있었으니 할머니였다. 쉽게 생각하면 간단하고 명료했다. 할머니는 뒷조사를 의뢰하고 사진을 받았다. 박민우와는 반대 지점에서 내 삶의 면면을 확인하고 싶어 한 것이다. 사진은 십자수 액자에 넣었다. 나에게 들키지 않고 보관할 만한 안전한 곳, 할머니는 십자수 액자를 사진첩 삼아 비밀을 숨겼다, 라는 추리가 가능했다. 손녀를 미행하는 할머니라니. 목이 뜨거워졌다. 기괴한 느낌이 마음속 깊이 주름을 냈다. '손녀의 스토커'라는 건 〈서프라이즈〉 프로그램 같은 곳에서나 나올 법한 얘기였다. 주방으로 가서 물 한 컵을 들이켰다. 설마 할머니가 그럴 리가 없잖아.

다른 액자들 뒷면도 모두 뒤져보기로 했다. 할머니가 어디까지 알았는지 알아야 했다. 그러나 벽면을 가득 채운 액자들을 둘러보는 것만으로 두려움이 일어났다. 불현듯 어둡고 그늘진 숲 한가운데 서 있는 것 같았다. 숲은 자신을 감춘 채 나를 내려다보고 있었다. 액자들이 비밀을 품은 나무처럼 느껴졌다. 그 숲에서 길을 잃은 듯 어디로 발을 디뎌야 할지 망설여졌다.

할머니의 숲을 들여다볼 자신이 없었다. 그 숲은 내 삶의 숲이기도 하기 때문이었다.

〈최후의 만찬〉이 할머니의 마지막 십자수였다. 처음은 무엇이었을까. 고흐의 〈해바라기〉였던가. 아기곰 푸우였던가. 소파 위에 걸린 모네의 〈양산을 든 여인〉을 벽에서 걷어냈다. 내가 가장 좋아하는 모네. 내가 그렇게 말한 이후 할머니는 열성적으로 모네를 수놓았다. 모네의 〈수련〉과 〈포플러 나무〉가 거실 가득 차 있다. 모네의 여인들은 지나치게 여성스럽게 보여. 할머니는 그렇게 말하면서도 모네를 수놓는 일에 몰두했다. 모네에 집중했던 시절은 2년 전쯤인가. 액자를 뒤집어 뒤판을 들어냈다.

묵묵히 십자수를 두는 것으로 할머니는 삶을 견뎠다. 수를 놓는 것이 딸과 손녀를 그리워하는 할머니의 방식이라고 나는 생각했다. 그런데 할머니는 깊이 내 삶을 뒤지고 있었다. 이렇게, 내가 납득할 수 없는 방식으로, 나를 촘촘히 들여다보았다. 이유를 물을 필요도 없었다. 나는 그 답을 훤히 알고 있었다. 그 답은 날카롭게 내 속 깊은 곳을 찔렀다. 할머니는 이런 방식으로 내 세상을 함께 살아가고 있었던 것이다. 한순간도 나를 놓치지 않았다.

나는 웅크리고 앉아 손바닥에 얼굴을 묻었다.

엄마처럼 내가 세상을 등지지 않을까, 할머니는 생의 순간들을 두려움과 싸웠는지도 모른다. 자식을 먼저 보냈으니 그럴 수 있다. 불안은 대개 기이한 형태로 드러나고 비합리적인 방식으로 해결책을 찾아갈 때가 많다. 손바닥 안쪽의 얼굴이 일그러졌다.

누군가를 안다고 생각하는 건 흔한 실수다. 인간을 안다는 건 숲을 헤매는 일과 비슷하다. 내가 헤매면서 본 것, 그것이 숲의 전부라고 믿는다. 숲은 언제나 더 깊고 비밀스럽다. 이해하려는 노력은 할 수 있지만 그것은 이해하는 것과는 다르다. 내가 아는 할머니, 라는 표현 속의 할머니는 숲의 작은 일부였다. 최영혜라는 사람은 더 많은 부분을 포함하고 있었다.

액자 뒷면의 사진에는 날짜까지 꼼꼼히 기재되어 있었다. 모네의 〈양산을 든 여인〉은 작년 3월에 시작해서 6월에 마무리한 작품이다. 그 시간 동안 할머니는 내 일상을 사진으로 만나고 있었다. 마트에서 장을 보거나 지나와 저녁을 먹는 모습. 평범하기 이를 데 없다. 아니, 평범해 '보이는' 사진들이다. 사진 속에서 나는 웃기도 하고, 인상을 쓰기도 한다. 술을 마시고 길 위에서 휘청거린다. 정신과 입구를 통과한다. 약국 계단을 내려오고 있다.

저 시간들 속에서도 놈을 죽이겠다는 생각에 사로잡혀 있었다. 웃고, 먹고, 쇼핑하는 모든 순간에도 그 열망이 나를 놓아주지 않았다. 그러나 욕망은 숨겨져 있다. 사진은 욕망을 걸러낸 형태로 존재한다. 사진이 보여주지 못하는 서사는 상상력으로 채워야 한다.

할머니는 어떤 상상력으로 나의 삶을 그려냈을까. 그저 평범함을 보고자 했다면 평범함만 보았을 것이다. 손목을 긋거나 고층에서 뛰어내릴 징후를 찾고자 했다면 그렇게 했을 수도 있다. 우울증이 인간을 어떻게 무너뜨리는지 할머니는 보았으니까.

잠시 후 나는 가까스로 몸을 일으켜 세웠다. 최영혜라는 인간이 어느 때보다 궁금해졌다. 조명 전원을 올리고 할머니의 유품들을 뒤졌다. 십자수 가방과 통장 등을 보관했던 상자를 뒤집어보았다. 그러나 딱히 할머니에 대해 말해줄 만한 물건이 남아 있지 않았다. 다이어리나 앨범도 없었다. 메모나 사진 한 장 남겨져 있지 않았다. 핸드폰 문자는 모두 지워져 있었다. 경제적 유산을 제외하면 할머니가 남긴 것은 십자수 액자뿐이라 해도 과언이 아니었다.

쓸쓸함이 내려앉은 밤이었다. 누군가를 너무 몰랐던 시간, 돌아보니 텅 빈 방처럼 쓸쓸했다.

*

낡은 아파트 상가 2층 계단을 올라가니 오른쪽에 '세상의 모든 십자수'라는 간판이 보였다. 외벽 빛깔이 퇴색한 오래된 건물인데 간판은 새로 한 듯 깨끗했다. 하얀 간판 모퉁이에는 심플한 고딕체로 상호가 양각되어 있었다. 옆에 붙어 있는 지나치게 큰 미용실 간판이 구시대적 느낌을 자아냈다.

며칠 동안 할머니의 십자수를 뒤지며 지냈다. 쇠라의 〈그랑자드 섬의 일요일 오후〉와 페르메이르의 〈레이스 짜는 여인〉의 액자를 열었다. 고흐의 〈론 강의 별이 빛나는 밤〉과 〈피터 래빗〉까지. 그 외에도 여러 작품의 액자 뒷면을 펼쳐보았다. 어떤 액자는 비어 있었고 어떤 액자는 수십 장의 사진이 담겨 있기도 했다. 액자에서 꺼낸 사진 하나하나를 관찰해 나갔다. 증거 사진을 넘겨받은 형사처럼. 할머니가 보았던 것을 나는 보고자 했다. 수많은 사진 속에 혹시 이기섭이 있지나 않을까. 불안은 사진을 뒤지고 또 뒤졌다.

오랜만에 디아제팜 한 알을 삼켰다. 마시지 않았지만 냉장고에서 맥주를 꺼내 들기도 했다. 술까지 보태지면 마음이 더 흐트러질 것이 뻔했다. 그러다가 할머니의 핸드폰에 '십자수 카페 — 이수지'라고 저장된 번호로 전화를 걸었다. 할머니가 나를 추적했듯이 나도 할머니의 궤적을 더듬고 있었다.

가운데에 커다란 작업대가 놓인 공방 분위기의 카페였다. 창가 방향으로 나무 의자도 몇 개 놓여 있고, 벽에는 갖가지 십자수 작품들이 걸려 있었다. 할머니가 놓았던 십자수처럼 귀여운 만화 캐릭터부터 잘 알려진 명화까지 다양한 작품들이었다. 두리번거리자 주인인 듯한 여자가 다가왔다. 카페의 사장, 이수지였다.

"작품 하시고 싶어서 오셨나요?"

"아, 아뇨. 아까 전화 드렸죠? 할머니께서 여기 자주 오신 거 같다고."

사장은 밝은 표정으로 나를 작업대 의자로 안내했다.

"차 드릴까요?"

괜찮다고 했지만, 내 말을 못 들은 것인지 사장은 카운터 안쪽으로 들어가 차를 준비했다.

"제가 며칠 전 선물받은 작두콩차가 있어요. 한번 드셔보세요."

차를 준비하며 사장이 큰 소리로 말했다. 십자수 카페를 운영하며 몸에 밴 친절인 듯했다.

"제가 할머님 장례식에 갔었는데 기억 안 나시죠?"

"아, 죄송합니다. 그때는 경황이 없어서."

"그렇겠죠. 기억 안 나는 게 당연해요. 문자가 오고 나서 저도 너무 황망했어요. 정정한 분이셨는데."

사장의 목소리는 차분하면서도 부드러웠다. 그녀가 차를 가져와 테이블에 놓을 때 나는 할머니에 대해 기억하는 게 있는지 물었다.

"열정적으로 수를 놓으시던 분이니 기억하죠. 손녀 얘기를 자주 하셨어요. 최영혜 할머니의 손녀 맞으시죠? 손녀가 십자수를 벽에 거는 걸 질색해서 서운하다고 하셨어요."

그녀는 살짝 미소를 지었다.

"여기서는 원하는 그림이 있으면 십자수로 놓을 수 있도록 준비해드리는데 할머니는 정말 다양한 작품을 원하셨죠. 이번에는 이걸로 하겠다, 이번에는 저걸로 하겠다."

나는 고개를 끄덕였다. 할머니의 열정이라면 나도 익히 인정한 바였다.

"혹시 할머니의 작품 리스트나 결제 내역 같은 게 남아 있나요?"

"음, 의뢰한 작품 리스트는 있죠. 오더를 넣으니까요."

기다렸다는 듯 그녀는 선뜻 일어서서 카운터 안쪽으로 걸어 들어갔다. 나도 그녀를 따라 카운터 앞으로 갔다.

"에드워드 호퍼의 〈인터미션〉을 하신 적이 있나요?"

사장은 모니터를 들여다보다가 내 말에 미소를 지었다.

"기억나는데. 그 작품은 카페를 하시는 여자 사장님께 드린 걸로 알아요. 그 사장님이 여기 오셨을 때 작품을 받았다며 어찌나

자랑하시던지. 사장님께 여기를 소개하신 분도 할머니시고."

사장의 기억은 일관성이 있었다. 거침없이 말하는 것으로 보아 믿을 만할 것이다.

"그 카페 어디에 있는지 아세요?"

"잠원동이요. '오늘 커피'라고 했던 거 같은데. 그 사장님도 할머니 작품을 받으시고 흥미가 생겼다며 오신 거였죠. 최근에는 통 오지 않으시지만."

'오늘 커피'. 이기섭의 카페이고 할머니에게 작품을 받은 '카페를 하는 사장님'은 이기섭의 아내다. 카페에서 보았던 〈인터미션〉은 할머니의 것이 분명해졌다. 이기섭의 아내는 손님이 두고 간 것이라고 했지만.

할머니가 이기섭의 아내와 친분이 있었다는 사실이 마음을 휩쓸고 지나갔다. 예상을 비껴가는 이야기였다. 정신을 바짝 차려서 놓치지 말고 들어야 했다. 그러나 마음은 상황을 부정하느라 바빴다. 여자는 나의 불편한 기색을 눈치채지 못한 듯 계속 말했다.

"아, 근데 얼마 전에 그 사장님에 대해 묻는 형사들이 다녀갔어요."

사장의 톤이 높아졌다. 형사들이요? 라고 묻는 나의 목소리도 한 톤 올라가 있었다.

"네. 형사들이 4월에 여기서 동아리 모임을 한 것에 대해 물었어요. 그때 할머니와 그 사장님 두 분이 여기서 모임을 가지셨거든요."

할머니와 사장님 둘이서, 라는 부분이 나를 깊이 흔들었다.

"원래 네 분이 모임을 하기로 했는데 두 분은 사정이 있어 못 나오셨다고 하시더라고요."

나는 카운터에 몸을 기댔다. 쓰러지는 일은 없을 테지만 몸이 다시 휘청일까 염려되었다. 육신은 마음보다 진실하게 반응한다.

"근데 여기는 보다시피 CCTV도 없고, 건물 입구에 있는 CCTV는 화질이 영 좋지 않다고 하더라구요. 저도 확실한 것은 모르겠다고 했죠. 제가 없어도 여기서 가끔 모임들을 가지곤 하세요. 저녁에 여기 빌려달라고 하시는 분들이 있거든요."

4월 6일. 할머니와 이기섭의 아내는 십자수 모임을 가졌다. 이기섭의 아내는 카페를 마치고 오는 길이라 모임 시간이 10시였다. 종종 십자수 카페에서 그런 모임을 갖기도 한다. 컴퓨터에 두 사람이 모임을 가진 기록이 있다. 카페 대여를 해주는 날에는 소등과 보안 점검 때문에 필히 기록을 해둔다. 사장은 동아리 모임에 참석할 때도 있지만 늦은 저녁 활동은 피하는 편이다. 그날도 카페를 비워두고 퇴근했고, 할머니가 비밀번호를 알고 있어 다녀간 것으로 안다.

사장의 얘기는 막힘없이 흘러갔다.

"근데 혹시 무슨 일이 있는 건가요? 이렇게들 찾아오는 게 좀 이상하네요."

무슨 일이 있는 걸까. 그것은 내가 묻고 싶은 것이었다. 저도 잘 모릅니다, 다음에 다시 들를게요, 라고 얼버무리며 십자수 카페를 나섰다. 할머니와 이기섭의 아내는 십자수를 함께 놓기 위해 모임을 가졌다. 이기섭이 죽던 시각 공교롭게도 그들은 카페에서 만나고 있었다. 이 고약한 우연의 겹침만으로 새로운 이야기가 만들어졌고, 나는 휘청였다. 불편한 진실이 성큼 다가와 있었다. 나는 그 진실을 외면하듯 건물에서 빠져나와 무작정 걸었다.

오래전, 놈이 죽었으면 좋겠다고 말했다. 준과 헤어지고 난 후, 술을 마시고 들어가 횡설수설 떠들어댔다. 변기통을 붙잡고 구역질을 하다가 그대로 욕실에 주저앉았다. 놈이 죽었으면 좋겠다, 놈이 죽어야 한다……. 할머니는 내 등을 두드려주고 있었다. 그러다가 내가 내뱉는 어수선한 말들을 듣고 눈물을 훔쳤다. 나는 술주정일 뿐인데 왜 울기까지 하냐고 했다. 내가 두려운 건 너를 잃는 거다, 행복해져야 한다. 할머니는 내 등을 한없이 쓰다듬었다. 나는 그냥 해본 말이라고, 괜찮다고, 술에 취한 모양이라고 수습했다.

나의 욕망을 할머니가 읽어냈을까 두렵다.

할머니가 살던 아파트 놀이터에 이르렀다. 정신없이 걸었는데 여기까지 와 있었다. 놀이터를 둥글게 감싸고 있는 나무들이 그늘을 만들고 있었다. 꼬마 아이들 몇이 더위 속에서 놀이기구를 타며 소리를 지르거나 까르르 웃었다. 엄마들의 목소리까지 보태져서 활기가 넘쳤다. 아이들이 발을 헛디디거나 미끄럼틀에서 기우뚱한 채로 미끄러지면 엄마들은 재빠르게 달려갔다. 그 몸짓에는 걱정과 염려가 담겨 있었다. 할머니도 그랬을까. 할머니를 투명하게 잘 안다고 생각한 때도 있었다. 내 등 뒤에서 저 엄마들처럼, 내가 넘어질까 지켜보던 할머니. 그렇게 투명하게 서로를 들여다보던 관계는 언제 끝난 걸까. 아파트 외벽을 올려다보았다. 피부병을 앓는 것처럼 여기저기 몰딩이 떨어져 나가 지저분하고 색감은 흐릿해졌다. 그 모습은 낯설었지만 아파트 자체는 너무나 익숙했다. 낯섦과 익숙함이 순간순간 교차했다. 마치 할머니처럼.

할머니에 대한 나의 기억은 새롭게 재구성되는 할머니의 세계와 화해하지 못했다. 준을 만나고, 나의 일상을 추적하고, 이기섭의 아내와 친분을 쌓고. 할머니는 내가 이해했던 그녀의 틀을 깨고 넘었다. 친숙한 할머니의 영역은 낯설게 분열되어 흩어졌다. 익숙함이 무너지는 것만으로 상실감이 찾아오기도 한다.

할머니의 사망 선고 이후 나는 다시 한번, 할머니를 잃어버리고 있는 기분이었다.

집으로 돌아가 모네를 마주하고 섰다. 할머니 대신 십자수에게서 어떤 메시지라도 읽어내려 했다. 모네는 아무것도 얘기해주지 않았다. 할머니는 햇살과 부드러운 바람을 십자수 안에서 온전히 구현했다. 십자수를 놓는 스킬이 놀랍도록 섬세했다. 모네를 보고 있으면 숨겨진 의미 따위를 캐고 싶지 않다. 표면적인 것을 부수고 깨는 일은 두렵다.

정적을 가르며 전화벨이 울렸다. 전화기 너머 지나의 목소리가 다급했다. 놀라움이 깃든 목소리는 이기섭을 죽인 피의자로 그의 아내가 지목되었다는 소식을 전했다.

"아!"

놀라움 안에는 안도도 숨어 있었다. 할머니가 아니다. 그러나 온전히 마음을 내려놓을 수는 없었다. 할머니와 여자의 인연이 석연치 않다.

전화를 끊고 인터넷 기사를 살폈다. 몇몇 기사들이 선정적으로 이기섭의 얘기를 다루고 있었다. 폭력을 일삼던 남편에 대한 보복 살인이라는 게 메인 줄기였다. 이기섭의 누나는 여러 인터넷 방송이나 뉴스와 인터뷰를 했다. 이기섭을 죽인 범인을 확신하며.

이기섭의 아내 김지연(인터넷 기사에는 가명이라고 쓰여 있었다)은 타고 다니던 소렌토를 폐차했고, 고액의 사망 보험금을 받을 예정이었다. 보험 가입을 한 것이 사망 시점과 가까웠다. 애초에 이기섭 살인 용의자로 주목된 바 있지만 결정적 단서가 없었다. 게다가 김지연에게는 그럴듯한 알리바이가 있었다. 경찰이 주저한 것은 이 대목이었다. 그러나 어렵게 받아낸 압수수색에서 김지연이 모아두었던 졸피뎀이 발견되었다. 여러 단서가 그녀가 살인자라는 꼭짓점으로 향하고 있었다.

졸피뎀이 발견되었다는 것은 솔깃한 부분이다. 살인에 쓰인 약물이라면 치명적인 증거가 될 수도 있다. 그러나 졸피뎀은 놈이 구입한 약물이기도 하다. 결정적 실마리가 되기에는 부족하다. 보험금을 노렸다는 것은 제법 설득력 있는 살해 동기다. 돈을 목적으로 하는 것은 클래식한 살인의 이유다. 보험 가입 시점이 사망 두 달 전이면 충분히 의심스럽다. 김지연은 놈의 죽음을 예측하고 있었다. 인과성이 이보다 뚜렷할 수가 없다. 그럼에도 불구하고 그녀에게는 빠져나갈 틈이 있다. 동기와 근거는 있지만 완벽한 알리바이라는 최후의 방어책이 있다. 치밀하게 준비하고 공을 들인 살인이다. 내가 꿈꾸었던.

김지연이 사건 현장에 있었다는 것을 밝히지 못하면 기소된다 해도 살인을 입증할 수 없다. 십자수 카페 기록상 김지연의 알리바이는 확실하고 할머니가 그 알리바이의 한 축이다. 그녀가 범인이라면 할머니는 공모자가 되는 것이다. 알리바이를 도모한 데서 그친 것인지는 알 수가 없다. 그러나 할머니가 이 살인 사건에서 자유롭지 못하다는 확신으로 나는 기울고 있었다. 십자수 속 사진을 알게 된 순간부터 기울기 시작했는지도 몰랐다. 작은 경사가 이제 급격한 경사를 이루었을 뿐이다. 여기까지 오지 않기를 바랐지만 허사였다.

다시 모네 앞에 섰다.

모네의 〈양산을 든 여인〉을 보고 있자면 바람 속으로 쓸려 들어갈 것 같다. 실크처럼 부드럽게 몸을 휘감는 바람 속으로. 할머니는 모네의 여인이 너무 연약해 보인다 했지만 나에게는 쓸쓸하게 느껴진다. 아름다운 것 속에도 쓸쓸함이 녹아들 수 있다. 여자는 햇살 속에서 파삭파삭 부서져버릴 것 같다.

〈양산을 든 여인〉 속 여인 까미유는 모네의 아내이자 전문 모델이었다. 어리석게도 모네는, 까미유가 암과 싸우던 마지막 시기에 다른 여인과 사랑에 빠졌다. 까미유를 평생 사랑했다고 일부의 역사가들은 말하지만, 모네는 까미유의 마지막을 지켜주지는 못했다. 할머니는 어쩌면 그런 모네가 싫었던 것인지도 모른다. 모네의 그림 속 까미유는, 죽음의 조짐 없이 베일에 싸여 있다. 자신의 끝을 모르는 아직은 행복한 여인이다.

어떤 끝이 내게 다가오고 있었지만 아직 알 수가 없었다.

공모자들

택시 기사는 경찰서가 목적지가 맞는지 확인하면서 백미러로 나를 힐끔거렸다. 역시 운전을 할 걸 그랬다. 택시 기사의 눈길을 피해 눈을 감았다. 눈을 감고도 택시 기사의 호기심 어린 눈빛이 느껴졌다.

살인을 생각했을 때, 경찰서에 가야 하는 상황이 오는 가정도 여러 번 했다. 불리해지면 입을 닫아야지. 정신과 치료를 오래 받아서 기억이 나지 않는다고 해야지. 기억이 흐릿해지는 부작용을 앓고 있다고. 어느 선에 이르면 변호사를 부르겠다고 해야 한다. 지나에게 소개받아 할머니 유산 문제를 맡긴 변호사가 있었다. 변호사를 부르는 사태까지 가서는 안 되지만, 거기까지 구체화해서 생각해두었다. 검은색 정장도 그때 생각해둔 대로 꺼내 입은 것이다. 흰색의 운동화를 신고, 검은색 토트백을 들었다. 단정함이 반감을 사지 않는 데 좋을 것이다.

택시에서 내려 건널목을 건너는 동안 아무 일이 없을 거라고 스스로를 안심시켰다. 단순 참고인 조사라 했다. 김지연이 범인이 아닐 가능성도 있지만 지레 겁을 먹을 필요는 없다. 참고인 조사는 그저 형식적인 것이다.

정 형사는 자신의 책상 맞은편 간이 의자로 나를 안내했다. 거울로 보이는 유리가 벽면을 채운 전문적인 상담실이 아니어서 마음이 놓였다. 사무실은 서류철들이 책상마다 그득해서 어수선한 분위기였다. 몇몇의 사람들이 형사 맞은편에 앉아 조사를 받고 있었다. 그중 몇은 꽤 심각한 표정으로 욕설을 내뱉는 중이었다. 산만하고 정신없는 공기 속에 긴장감이 흘렀다. 나는 무심한 느낌을 자아내고자 사무실을 둘러보는 척했다.

"할머니에 대해서 이야기를 하고 싶어 나오시라고 했습니다."

형사가 말했다. 할머니, 라는 말을 듣고 나서야 나는 형사를 향해 시선을 던졌다. 정 형사의 표정은 굳어 있었다. 전과는 사뭇 다른 인상이었다.

"강라경 씨의 할머니 최영혜 씨가 살인에 개입한 정황이 있습니다."

기습적인 공격이었다. 내 안의 언어들은 순식간에 얼어붙었다. 추측하는 것과 그것이 확인되는 것은 무척 다른 일이다. 언어로 구체화되면 힘을 얻는다. 방어 태세도 갖추기 전에 허를 찔린 것이다. 그럴 리가 없다고 저항해야 하는데 언어 감각이 돌아오지 않았다. 예상했고 준비해두었던 부분인데, 막상 들으니 몰랐던 것처럼 당황스럽다. 옆자리의 짧은 머리 남자가 형사와 얘기를 하다가 돌아보았다. 무슨 사연인지 궁금한 표정으로 이쪽에 노골적인 시선을 던졌다. 남자의 앞쪽에 앉아 있던 형사가 이봐, 라고 소리치자 남자는 놀란 듯 고개를 돌렸다. 그러더니 씨발, 왜 소리는 치고 그래! 하고 되받아쳤다. 아, 형사면 다야, 씨발, 인권 존중이 없어, 씨발.

"공모 가능성이 있습니다. 이기섭의 아내 김지연 씨와 강라경 씨 할머니."

언어가 사라져버린 머릿속으로 형사의 말들이 차올랐다.

"이봐요, 강라경 씨."

나는 대답 없이 정 형사의 표정을 살폈다. 그는 걱정과 의심이 뒤섞인 눈빛을 내게 던졌다.

"내 말 이해한 겁니까?"

"이기섭을 죽인 건 그의 아내라고 하지 않았나요? 아니면 그 사람, 마산의 호텔에서 붙잡혔다는 남자요."

가까스로 저항할 힘을 냈다.

"아니, 그러니까 그걸 지금 조사라고 하는 거냐고?"

옆에 남자가 다시 소리를 쳤다. 아, 씨발, 아니라는데……. 이번에는 내가 놀라 옆에 남자를 힐끗 바라보았다. 방어는 저렇게 공격적으로 해야 하는지도 모른다. 온갖 힘을 끌어모아 전투적으로.

할머니라니, 미친 것들이 무슨 개 같은 소리야. 당신들 수사 똑바로 하라고.

"아, 거참 시끄럽네. 강라경 씨는 신경 쓰지 마시고."

정 형사는 미간에 힘을 주고 남자를 쏘아보며 말했다.

"할머니 계좌에서 이기섭이 죽기 한 달 전쯤 3천만 원이 빠져나갔습니다. 이기섭이 죽고 3천이 더. 실은 공모라기보다 주도한 걸로 보입니다."

형사는 모니터를 향했던 시선을 내게 던졌다. 먹이를 잡아채기 직전 포식자의 날카로움이 시선 속에 번득였다. 짙고 숱이 많은 형사의 눈썹은 팔(八)자가 되어 있었다. 야상 점퍼를 입고 땀을 닦던 어리숙한 모습은 없었다. 눈빛은 확신으로 반짝였다. 확신을 깨기 위해서는 확신으로 답해야 한다.

"그게 상관 있나요? 돈이야 다른 곳에 썼을 수도 있죠."

"뭐, 그건 그런데."

"그런데요? 그럼 수사를 더 하시면 되죠. 제가 아는 한 할머니는 그런 분이 아니에요."

목소리가 다시 차분하게 내려앉았다.

"그러니까요. 그래서 말인데 강라경 씨는 어땠나요? 김지연 씨와 친분이 있었나요?"

그러니까 형사의 표적은 사실 나였다. 이 살인 공모에 나를 끼워 넣으려는 것이었다. 에어컨이 가동 중이어서 공기가 선선했지만 손바닥에 땀이 고였다.

"아뇨, 전혀. 그럴 필요가 뭐가 있겠어요."

정 형사는 고개를 끄덕였다. 어떤 의미인지는 모호했다. 입을 꾹 다문 표정은 읽히기를 거부하고 있었다. 고개를 끄덕인 것은 오랜 경력에서 비롯한 기계적 몸짓인 것도 같았다. 그의 경력은 경계해야 했다. 경력이 쌓아준 예리한 감각이 있을 터였다. 지금부터는 계산적으로 말하고 언어를 신중하게 골라야 했다. 말을 아끼는 것이 대부분 최상의 방어가 된다. 무너지는 마음을 단단하게 잡고 있어야 한다. 내부의 질서가 깨지고 있다는 것을 들켜서는 안 된다.

잠시 후 정 형사는 사진 한 장을 내밀었다. 할머니가 어떤 남자와 대면하고 있는 사진이었다. 사진 속 남자가 이기섭을 협박하고 돈을 뜯어낸 사람이라고 형사는 말했다. 뉴스 기사에서 A씨로 거론되던 남자였다. 남자는 이기섭을 협박하고 돈을 갈취한 건 자백했지만 살인은 부인했다. 협박한 사실이 드러날 것이 두려워 도주한 것뿐이라며. 이기섭이 죽던 날, 남자는 아내를 만나러 강원도에 갔고, 톨게이트를 통과하는 차량이 CCTV에 찍혔다. 그런데 조사를 받던 중 남자는 할머니를 만났던 사실을 털어놓았다. 할머니가 자신이 이기섭을 제거할 예정이니 더 이상 날뛰지 말고 얌전히 있으라 했다는 것이다. 형사는 사진 속 남자의 맞은편에 앉은 사람이 할머니가 맞는지 확인을 해줄 수 있느냐고 했다. 카페 의자에 앉아 있는 사람은 분명 할머니였다. 할머니를 알아보는 데 몇 초도 필요치 않았지만 사진에서 시선을 거둘 수가 없었다. 관찰하는 듯한 형사의 시선을 의식한 후에야 나는 고개를 들었다.

"강라경 씨는 그 사람 만난 적 없는 건가요?"

"없습니다."

"좋습니다."

형사는 무언가를 메모하고 다시 내게 시선을 돌렸다.

"이기섭에게 원한을 품은 용의자들 가운데 최영혜 씨가 있는 건 확실합니다. 그런데 공교롭게도 할머니는 돌아가셨죠."

그럴 듯하네요, 라는 말은 입 밖으로 내지 않았다. 날카로워진 감각과 이성이 언어를 다듬었다. 아니면 시나리오를 준비해두었던 것이 도움이 되었는지도 모르겠다.

"피해자들끼리 만났다는 것만으로는 어떤 범죄도 되지 않습니다. 정황이 아니라 근거를 찾으셔야죠. 구체적인 증거요. 살인을 교사했다는 직접적인 진술, 돈 거래 내역, 청부업자가 있어야죠."

나는 흔들림 없이 대답했다. 의뢰가 실패하면서 이런 말을 하리라고는 생각지도 못했는데, 결국 필요한 순간이 왔다.

*

경찰서 입구 계단을 내려가다 발을 헛디뎌 주저앉았다. 발목을 이리저리 움직여보니 심각한 상태는 아니었다. 그러나 잠깐 그대로 앉아 있었다. 발목이 아니라 뇌의 어딘가가 삐걱거리고 있었다. 균형이 깨진 생각들이 기우뚱거렸다. 형사는 살인 공모 가능성을 염두에 두면서도 할머니를 중심에 두고 있었다. 살인 교사를 하고, 비용은 할머니가 지불했다는 게 형사의 추측이었다. 그런 추측에 도달하는 건 자연스러웠다. 범죄를 입증할 근거가 부족하다고 반박했지만 마음은 그렇지 않았다. 인정할 수 없다는 나의 마음은 오히려 억지에 가까웠다. 억지를 부려서라도 할머니가 아니기를 바랐다. 현실을 부정해야 여지가 남는다. 그것이 해결책이라서가 아니라 그렇게라도 해야 하기 때문이다. 그러나 진실에 접근하고 있다는 것을 모를 리 없었다. 마치 거대한 자기장이 작동하듯이 진실은 마음을 강하게 잡아당기고 있었다. 나는 연을 만나야겠다고 생각했다. 연이라면 놈의 죽음을 설명해줄 수 있을지도 몰랐다.

경찰서 횡단보도 앞에 멈추어 연에게 전화를 걸었다. 그런데 없는 전화번호라는 안내가 흘러나왔다. 다시 한번 통화 버튼을 눌렀다. 같은 안내가 반복되었다. 녹색불로 바뀐 횡단보도로 사람들이 쏟아졌다. 나는 전화기를 붙든 채 움직이지 못했다. 전화기 너머에서는 소통을 차단하는 붉은 신호등이 작동 중이었다.

왜 지금, 이라는 의문이 들이쳤다. 살인 사건의 핵심으로 할머니가 떠오른 시점에 연은 번호를 바꿔버렸다. 절묘한 타이밍으로 엮여 있었다. 살인 교사를 했을 것이라던 형사의 말이 메아리쳤다.

직업상담소에 연이 있을 거라는 기대는 하지 않았지만 황급히 택시를 잡았다. 그들이 보여준 패턴의 일관성에 따르면 연은 거기에 없다. 그러나 내가 연을 찾고 있다는 메시지라도 전해야 했다. 찾고 있다는 것을 알게 되면 연락을 해올 수도 있었다.

처음 방문했을 때 엘리베이터를 뒤덮고 있던 지저분한 올리브색 담요는 없었다. 언제 사라진 것일까. 건물 전체를 감싸고 있던 새 건물 냄새도 희미했다. 마치 다른 건물에 와 있는 듯했다. 긴 복도는 그나마 익숙했다. 복도 중간 오른쪽 '디어 마이 프렌드'라는 간판을 지나쳤다. 언젠가도 분명 저 간판을 본 기억이 있었다. '디어 마이 프렌드'는 도대체 어떤 곳일까, 하는 생각을 잠깐 했었다.

'디어 마이 프렌드' 이후 몇 개의 문을 지나면 '연 직업상담소' 간판이 있어야 했다. 그러나 '연 직업상담소'가 있던 자리에 '김세준 심리상담소'라는 팻말이 붙어 있었다. 1317호, 주소를 확인하고 '디어 마이 프렌드'까지 갔다가 다시 돌아와보기도 했다. '연 직업상담소'는 사라져버렸다. 간판 너머에서 지각 변동이 일어나고 있었다.

'김세준 심리상담소' 앞에서 조심스럽게 벨을 누르고 기다렸다. 얼마 후 문을 연 사람은 젊은 여자였다. 지금까지의 슈트를 입고 절제된 행동을 하던 연과는 달랐다. 발랄해 보이는 핑크빛으로 물든 헤어는 독특했지만 흰 티에 청바지를 입은 평범한 외양의 여자였다.

"상담하러 오셨나요?"

하이톤의 목소리가 인상적이었다.

"아니요. 여기가 직업상담소였는데, 그쪽 사람들을 좀 만나러……."

"글쎄요. 우리 들어온 지 며칠 됐는데."

연락처가 없느냐 물었지만 여자는 냉랭하게 모른다고 했다. 그러고는 문을 닫으려 문고리를 잡아당겼다. 나는 닫히는 문을 황급히 막았다.

"저, 잠깐 안에 좀 들어가도 될까요?"

이것이 '연'의 또다른 버전일 수도 있었다. 새로운 간판을 걸었지만 외피는 중요치 않았다. 연은 무엇이든 될 수 있었다. 수수료를 지불하러 갔던 카페나 서점을 생각하면 직업상담소만 가능한 건 아니었다. 여자의 어깨를 밀치고 안으로 들어섰다.

심리상담소 내부는 직업상담소와 별개의 장소라고 항변하듯 완전히 딴판이었다. 벽의 색감이 아이보리로 차분해졌다. 책상은 상담소 가운데에 놓여 있었는데 6인용 식탁 사이즈였다. 한눈에 보기에도 직업상담소에서 쓰던 책상보다 훨씬 컸다. 나와 연이 마주 앉았던 자리에는 브라운 색상의 가죽 파우치가 놓여 있었다. 출입문 앞에는 작은 책상과 의자가 있었는데 여자가 사용하는 것으로 보였다. 서랍이 달린 캐비닛과 몇 개의 커다란 화분도 산발적으로 흩어져 있었다. 개업을 축하하는 메시지가 쓰인 핑크 리본이 매달린 화분이었다. 여자의 말대로 이사한 지 얼마 되지 않은 듯했다. 벽에 걸려 있어야 할 야자수 액자도 없었다. 유럽의 어느 저택들을 찍은 흑백 사진들 여러 점이 한쪽 벽면을 채우고 있었다. 성형 수술을 한 사람에게서 옛 얼굴을 찾아내려고 애쓰듯 나는 사무실을 계속 두리번거렸다. 아무리 둘러보아도 페이스오프가 완벽하게 이루어졌다. 공간이 주는 메시지는 분명해보였다. 연은 더 이상 존재하지 않는다는 것.

"저기요, 저 혼나요. 빨리 나가세요. 이렇게 막 들어오시면 안 돼요."

여자는 짜증 섞인 어투로 말했다. 알았어요. 오래 안 걸려요. 나는 같은 말을 반복하며 사무실을 두리번거렸다.

벽 한쪽에 세워진 액자 하나가 눈에 들어왔다. 밀레의 〈만종〉이었다. 나는 액자를 향해 성큼성큼 다가갔다. 그 액자를 찾기 위해 온 사람처럼. 할머니도 〈만종〉을 수놓았다.

그러나 사무실의 〈만종〉은 할머니의 십자수가 아니었다. 가까이 다가가서 손에 들고 보니 그것은 그저 프린트된 〈만종〉의 복제품일 뿐이었다. 여자는 내게서 〈만종〉 액자를 빼앗았다.

"당신 대체 뭐야? 당장 나가요!"

여자는 적극적으로 나를 밀어냈다. 나는 떠밀려 입구까지 갔다.

"저기, 여기 있던 사람들 만나본 적 정말 없어요?"

"없다니까요. 존나 귀찮게 구네."

여자는 사납게 문을 닫았다.

나는 복도의 적요 속에 삼켜진 듯 서 있었다. 문을 다시 두드릴까, 생각했다가 손을 거두어들였다. 연은 하나의 세계를 허물고 있었다. 마치 모든 흔적을 걷어가버리겠다는 듯. 전화번호를 바꾸는 것은 얼마든지 가능했다. 새 번호로 바꾸면서 전화번호부에서 나를 누락시켰을 수 있다. 그러나 '연 직업상담소'가 통째로 사라졌다. 연의 존재를 물리적으로 입증할 단서들이 증발하는 중이었다.

존재를 지우는 이유는 명백하다. 위험해졌거나 위험해질 수 있거나.

연의 일은 위험을 감지하는 능력이 뛰어나야 한다. 연이 비밀리에 영업을 이어오면서 성공 신화를 쓴 것은 적절한 순간 자신을 감추기 때문이었을 것이다. 그들에게 중요한 것은 존재를 드러내는 것이 아니라 삭제하는 것이다. 완벽한 삭제는 살인의 마침표다. 그 소거의 방식이 한때 나를 매료시켰다. 의아한 것은 왜 지금인가 하는 것이다. 하필 이 시점에 연이 존재를 감추는 것은 단순한 우연이 아닌 듯하다.

막연한 생각은 점차 깊이 번져갔다.

건물에서 빠져나오니 비가 내리고 있었다. 택시를 잡아타고 집으로 가는 동안 빗방울이 굵어졌다. 빗줄기가 가로지르는 세상을 내다보면서 할머니의 〈만종〉을 떠올렸다.

1년 전인가. 〈만종〉을 수놓다가 할머니는 눈물을 흘렸다. 전화를 했는데 할머니의 목소리가 울먹이고 있었다. 할머니의 호흡이 흐트러지는 일은 드물었다. 무슨 일이냐 물었더니 〈만종〉의 이야

166

기를 들려주었다. 그때 나는 신파는 때려치우라고 농담으로 넘어가버렸다.

밀레의 〈만종〉. 수확을 마친 농부 부부가 감사 기도를 올리는 그림이다. 소박하고 꾸밈없는 배경과 농부의 모습 속에서 진솔한 삶을 읽을 수 있다. 그림을 보고 있으면 삶에 대한 욕심이나 허영 따위를 내려놓을 수 있게 된다. 그림 아래쪽에는 감자가 담긴 작은 바구니가 있다. 미술사학자들에 의하면 만종을 엑스레이로 투과했을 때, 그 작은 바구니 안쪽에 숨겨진 네모 관이 보인다고 한다. 미술사학자들은 〈만종〉을 어린 자식을 보내며 애도하는 작품으로 해석한다. 외면적으로는 수확에 대한 감사의 마음을 그렸지만, 그 밑에는 자식을 보내는 부부의 슬픔이 담긴 것이다.

미술사학자들을 매혹시키는 〈만종〉의 이중적 서사. 할머니가 〈만종〉을 수놓으며 울었던 것은 그 비밀스러운 중의성 때문이다. 〈만종〉에 끌린 것도 그 숨겨진 플롯 때문일 것이다. 집에 도착하자마자 거실 십자수들 속에서 〈만종〉을 찾다가 지나가 가져간 것이 기억났다. 차 키를 쥐고 주차장으로 내려갔다. 〈만종〉이 내게 무슨 말이든 해줄 것도 같았다. 아니, 〈만종〉은 아무 말도 해줄 수 없다는 것을 알고 있었지만 무엇이든 뒤지고 찾아내야 했다. 할머니 속에서 연을 찾을까 두려우면서 연을 찾고 있었다.

의뢰인

거리에는 폭우가 쏟아지고 있었다. 가끔 칼로 가르듯 하늘을 가로질러 번개가 지나갔다. 올림픽 대로를 달리는 동안 시야는 온통 비와 자동차들로 혼잡했다. 빗소리를 뚫고 여기저기서 경적 소리가 들려왔다. 와이퍼는 마치 신이 난 메트로놈처럼 움직였다. 앞 차들의 움직임은 더뎠고 속도가 날 때면 바퀴에 튄 물이 느닷없이 유리창에 덮쳤다. 사고를 내지 않으려면 눈앞을 주시해야 했다. 그것이 잠시나마 내부의 혼란을 가라앉혀주었다.

전화로 가고 있다는 것을 알리자 지나는 집에 들어가 있으라고 말했다. 퇴근은 늦지 않을 것이라고. 종종 서로의 빈집을 드나들기도 하는 터라 이상한 일은 아니었다. 그러나 어떤 불길함을 감지한 듯 지나가 물었다.

"무슨 일 있어? 비도 많이 오는데."

"〈만종〉을 가져가려고."

"갑자기 왜?"

"〈만종〉은 주는 게 아니었어."

마치 잃어버린 할머니를 찾으러 간다는 말처럼 엉뚱했다.

"라경아, 운전 조심해."

지나의 원룸은 어둑어둑했다. 유리창 너머의 세상은 옅은 먹물을 풀어놓은 듯했다. 현관의 센서등이 꺼지기 전에 나는 전등 스위치를 올렸다.

〈만종〉은 침대 옆 벽에 세워져 있었다. 나는 바닥에 주저앉아 〈만종〉을 집어 들고 오래도록 들여다보았다. 표면적으로는 감자 수확을 감사하는 부부의 기도만 드러난 그림이지만 할머니는 더 많은 이야기를 숨기고 있었다. 〈만종〉을 뒤집어 판을 들어냈다. 뒷면에 어떤 사진을 넣어두었는지 보고 싶었다. 혹시나 〈만종〉에 무언가를 숨겨두었다면 탁월한 선택이었을 것이다. '연 직업상담소' 명함이나 사진 따위 말이다. 그러나 기대와 달리 액자 뒷면에는 아무것도 없었다.

강렬하게 쏟아졌던 생각들이 사그라들었다. 할머니와 연의 고리 같은 건 없었다. 기대 자체가 우스운 것이었다. 할머니의 살인 교사와 연의 사라짐. 잠깐 동안 두 사건 사이에서 강박과 불안이 불처럼 일어난 것이다. 그러나 여전히 불안은 찌꺼기처럼 마음에 남겨져 있었다.

서산 펜션에서 잠이 들기 전, 할머니는 내 침대맡으로 왔다. 잠이 오지 않는다며 누워 있던 나를 내려다보았다. 늙은 눈은 매번 슬픔을 실어 날랐다. 할머니의 슬픈 눈이 내게서 시선을 거두어 허공을 떠돌았다. 나는 몸을 일으켜 앉아 무슨 일이 있냐고 물었다.

　"가끔 나는…… 네 엄마가 죽던 날을 생각해보곤 해. 난 그날 아침에 참 이상하다고 생각했어. 뭔가 불길했지. 하지만 어쩌지 못했어. 어쩌지 못하는 것은 큰 슬픔이지. 사랑하는 이의 불행을 어쩌지 못하는 거."

　할머니의 표정은 침통했다.

　"할머니 잘못 아니야. 알잖아?"

　"내가 뭔가를 했어야 해."

　할머니도 여전히 그 순간에 사로잡혀 있었던 걸까, 생각하니 목이 메었다. 시간이 놓아주지 않은 것은 나뿐만이 아니었다. 과거의 시간 속에 몸이 묶인 시간 여행자처럼, 우리는 바깥을 떠도는 영혼이었다. 현재로 들어오는 입구를 차단당한. 시간이 놓아주지 않는 삶은 너무 잔인하다.

　"내가 뭔가를 했어야 해. 시간이 가면 다 괜찮아질 거라고 생각한 내가 틀렸던 거야. 미안하다."

　"할머니의 잘못이 아니래도."

　"네 엄마가 죽기 전날, 나는…… 네 엄마를 다그쳤다. 멍청하게 살지 말라고. 이제 정신 좀 차리라고. 네 엄마는 자기가 네 인생을 망쳤다고 자책하더구나. 모든 게 자기 탓인데 앞으로 어떻게 살아야 하냐고……. 내가 잘못한 거였어. 그날 내가 그렇게 살지 말라고 하지만 않았어도 좋았을 거다. 네 엄마가 잘못한 것이 아니다. 알지? 네 엄마를 용서해라."

나는 엄마를 원망하지 않는다고, 할머니의 잘못도 아니라고 진심을 담아 말했다. 진심이 서로를 자유롭게 하기를 바랐다.

"할머니, 걱정 마요. 나 이제 어린아이 아니에요."

"너는 다른 삶을 살아야 한다, 애야."

할머니가 왜 그때 그런 얘기를 꺼낸 것인지 이제 헤아릴 수 있다. 언어로 표현되지 않았던 이야기들이 지금의 내게 건너온다. 너에게 다른 삶의 가능성을 열어주겠다는 할머니의 메시지. 결국 할머니의 슬픔이 흘러간 방향이 나의 목적지와 같았다.

퇴근하고 돌아온 지나는 무슨 일이냐고 물었다. 액자를 열어둔 채 멍하니 앉아 있는 내게 걱정스러운 눈길을 던졌다. 나는 그간의 일들을 두서없이 내뱉었다. 지나는 침착하게 얘기를 들었고, 액자의 뒷면을 덮고 나서 입을 열었다.

"실은 할머니가 내게 연락하셨어. 택배를 전해달라는 거였어. 택배를 열어보니, 작은 택배 상자가 들어 있더라. 그걸 적힌 주소에 전해달라면서, 이런 일을 부탁해서 미안하다고 하셨어. 할머니가 부탁한 날짜에 맞춰서 홍대의 카페에 택배 상자를 전달했어. 너한테 말하지 못한 거 미안해. 난 별거 아니라고 생각했어."

"홍대의 카페……."

속으로 '홍대의 카페'를 읊조렸다. 홍대의 카페가 무엇을 의미

하는지 단번에 알았지만 마음은 여러 번 확인했다. 할머니가 내 삶의 쓰레기를 치우는 일까지 한 것이 싫다는 말은 삼켰다. 끔찍한 상황은 말로 따라잡을 수 없었다. 아니, 무언가 내 말을 틀어쥐고 놓아주지 않았다. 나는 일어나서 액자를 집어 들었다.

"운전하는 거 위험해."

지나가 팔을 잡았다.

운전이라도 해야 했다. 지나에게 비난을 쏟기 전에 자리를 뜨고 싶었다.

아직 비가 내리는 거리로 차를 몰았다. 어둠과 비가 내려앉는 도로는 거대한 붉은 띠를 만들고 있었다. 나는 긴 자동차의 대열에 합류해 더디게 나아갔다. 막상 운전을 시작하자 어둠과 비에 젖은 도로가 위험해 보였다. 도로는 마치 거울처럼 불빛을 받아내며 번들거렸다. 깜빡이도 켜지 않은 차가 갑작스럽게 앞으로 끼어들었다. 브레이크를 급하게 밟았고 아슬아슬하게 충돌하는 것만은 피했다.

"아, 빌어먹을 새끼네. 저 호로 새끼 때문에 사고 날 뻔했잖아!"

지나에게서 거친 욕설이 쏟아져 나왔다. 그제야 나는 그녀가 거기 있다는 걸 깨달았다. 그녀는 막무가내로 따라와 보조석에 자리를 잡았고 쭉 입을 다물고 있었다.

"그건 내가 해야 될 일이었어."

할머니와 나 모두에게 못 할 짓이었다. 놈은 무너졌지만 놈만 무너지지 않았다.

"응?"

지나는 무슨 말이냐는 듯 되물었다. 그러나 내 안의 말들은 빗물에 쓸려나간 듯 남아 있지 않았다. 신호등에 걸려 횡단보도 앞에서 브레이크를 밟았다. 빗줄기가 자동차 선루프에 떨어지는 소리가 격렬했다. 나뭇가지를 부러뜨리고 심지어 뿌리를 박은 나무까지도 뽑을 수 있는 기세였다. 어딘가에서 천이 범람하고 가옥이 무너지는 잔혹한 대가를 치르게 할 폭우였다. 나는 핸들을 단단히 쥐었다.

보이는 면 너머가 열리는 때가 있다. 허물을 벗듯 갑작스럽게 보이는 면 너머가 모습을 드러낸다. 보이는 것과 다른 삶에 직면할 때, 그것은 내적 충격을 동반한다. 충격을 받으면 방어 기제를 동원한다. 부정하고, 저항하고, 분노하는 단계로 나아간다. 정신과 의사들이 내게 화를 내도 좋다고 말했던 이유다. 통상적 감정의 경로를 따라가야 건강한 것이다.

빗속을 뚫고 집으로 가는 길은 멀었다. 운전하는 동안 여러 감정이 마음을 휩싸고 돌았지만 겉으로 올라오지는 않았다. 언어를 버리고 웅크렸던 어린 시절처럼.

*

며칠간 비가 오락가락했다. 다시 시작된 비는 거칠었다. 내 안의 세계를 지배하는 것은 슬픔이었다. 아니 슬픔이라고 했지만,

그것만으로는 부족하다. 그 슬픔 안에는 꺼내보일 수 없는 다양한 감정의 형태가, 심지어 내가 모르는 어떤 감정까지도 포함되어 있다. 분노는 아니지만 분노, 후회는 아니지만 후회, 서글픔은 아니지만 서글픔, 안타까움은 아니지만 안타까움. 그런 것들과 그런 것들을 배제한 또 다른 것들이 나의 내부에서 흘러 다닌다. 온갖 감정들이 내부를 가득 채웠다가 급격하게 빠져나간다. 내부에 아무것도 남지 않은 소강상태가 지속되기도 한다. 그러다가 다양한 형태의 감정들이 다시 들끓는다.

빗소리가 벽의 경계를 허물며 거실로 넘어오고 있었다. 나는 소파에서 잠이 들었다가 빗소리에 눈을 떴다. 새벽 2시 20분. 종일 십자수를 들여다보는 것이 며칠간의 일이었다. 잠은 불규칙하게 오고 갔다. 냉장고에서 낮에 사다 두었던 맥주를 꺼내 들었다. 다시 잠을 불러오기 위해서는 술이든 수면제든 집어넣어야 한다. 맥주 한 캔은 금방 바닥이 났다. 다시 한 캔 더. 이기섭이 죽기 전의 밤으로 회귀한 듯했다. 적막의 밤은 그대로다.

지나가 전달했다는 택배의 수취인명은 '연'이었다고 한다. 지나는 홍대의 카페에 택배 상자를 전달했다. 라탄 소품들이 장식된 '아이보리' 카페였다. 내가 연에게 수수료를 지불한 방식 그대로였다.

하나의 이야기가 완성되었지만 그 밑에는 다른 이야기가 있다.

밀레의 〈만종〉처럼. 레이저로 그림 밑에 숨겨진 그림을 찾아내듯, 이 이야기의 바닥에 깔린 다른 이야기를 들추어내야 한다. 연은 할머니의 의뢰를 받아 놈을 제거했다. 아니면, 할머니는 내 살인 의뢰를 뒤집어쓴 것일까. 살인의 성공을 알리는 우편물이 왔었다는 것이 미심쩍었다. 결국 놈을 죽인 건 나인가. 내 의뢰가 실패했다고 번복한 것은 할머니 때문이었나. 아직 연에게 들어야 할 이야기가 남아 있었다. 슬픔에 슬픔 하나를 더 얹는 것이라 할지라도, 나는 들어야 했다. 내가 살인자인 것과 할머니가 살인자가 되는 것. 어떤 것이 덜 고통스러운지는 알 수가 없었다. 누가 진짜 의뢰인이든 고통을 피할 길은 없었다. 다만 연에게 그 고통을 폭발시키고 싶은 것이기도 했다. 왜 입을 닫고 있었는지. 책임을 전가하고 소리라도 치면 분이 풀릴 것도 같았다. 연을 탓하는 것으로 슬픔을 덜고자 한 것이다. 현재의 고통을 미루는 수단으로 연을 찾고 있었다.

벌써 며칠째, 연은 여전히 연락이 닿지 않았다. 없는 전화라는 건조한 안내는 지칠 줄 모르고 계속되었다. 이력서를 보냈던 메일 주소는 계정이 닫혔고, 연락을 달라는 내 메시지는 되돌아왔다.

연은 사라지는 중이다. 아니면 이미 사라져버렸거나.

*

택배 상자를 전달했던 홍대의 카페 '아이보리'는 변함이 없었다. 연과 관련된 어떤 단서도 내비치지 않았다. 공모는 여전히 물밑에서만 이루어지고 있었다.

카페 내부를 관찰하다가 카운터 앞으로 다가갔다. 카운터에 서 있던 직원은 주문하겠느냐고 물었다. 짧은 단발머리의 여자는 사무적으로 주문을 받고 고개를 돌렸다.

"저기, 연이라는 사람을 찾고 있는데요."

여자는 느닷없이 무슨 말이냐는 듯 고개를 갸웃거렸다.

"누구요?"

"연이라고……."

"누군지 모르겠는데요, 여기 직원인가요?"

"됐습니다."

나는 돌아섰다. 올드팝이 흘러나오는 공간. 취향대로 커피를 주문하는 손님들과 능숙한 손길로 커피를 내리는 직원들. 그들은 무심한 눈길을 주고받으며 잠깐의 만남을 끝냈다. 아무리 둘러봐도 평범한 카페에 불과했다. 그것을 각인시키듯 손에 들고 있던 주문벨이 강렬하게 진동했다.

"주문하신 라떼 벤티 사이즈입니다."

직원의 사무적인 목소리가 카페의 정체성을 되새겨주었다. 나는 라떼를 받아들고 구석 자리에 앉았다. 구석 자리지만 카운터가 훤히 보이는 위치였다. 누군가 택배 상자를 들고 나타나 연을 찾을 수도 있었다. 그 순간을 기다려볼 심산이었다. 그 가능성은 매우 희박했지만. 연을 처음 찾아 나섰을 때처럼.

벤티 사이즈의 라떼가 바닥을 드러낼 때까지 나는 자리를 지켰다. 수상해 보이는 택배 상자를 들고 나타난 이는 없었다. 앞으로도 없을 것 같았다. 수확이 없을 거라는 짐작은 했다. 이렇게라도 몰두해야 할 일이 필요했는지도 몰랐다. 울지 않고, 손목을 긋지 않고, 약물을 삼키지 않고. 그렇게 하기 위해서는 집을 나서야 했다. 어디든 갈 수 있는 곳을 찾아내야 했다.

카페 '블랑'으로 향한 것도 마찬가지 이유였다. 한낮 지하철도 사람들로 북적였다. 사람들 틈에 끼어서 슬픔을 눌렀다. 사람들 사이에 숨는 것이었다. 옆자리의 꼬마가 징징거리며 엄마를 괴롭히고 있었다. 엄마는 얌전히 있으라며 마구 휘젓고 있는 아이의 양 팔을 잡았다. 어른인 내가 지하철에서 목놓아 울어보면 어떨까, 생각하니 눈물이 쏙 들어갔다. 누군가 나의 마음을 꽉 잡아주고 있는 것 같았다. 갈 곳이 있다는 것도 위안이 되었다. 연을 찾고 있다는 목적이 나를 버티게 했다.

강남의 카페 '블랑'도 여전했다. 사람들이 소란스럽게 수다를 떨거나 조용히 노트북을 들여다보는 여느 카페의 모습을 하고 있었다. 사람들은 시선이 부딪쳐도 곧바로 서로를 외면했다. 직원들은 테이블을 닦고 트레이를 정리하고 손님들에게 음료를 내주었다. 무미건조한 표정 속에 지겨움이 슬쩍 내려앉은 얼굴들이었다. 조리대를 닦던 직원에게 연을 찾는다고 말하자 고개를 갸웃거렸다.

"연 씨 성을 가진 직원을 찾는 건가요?"

"네? 연 씨 성 직원이 있나요?"

"아니요."

동료 직원끼리 귓속말하며 나를 힐끔거렸지만 그것이 연을 안다는 실마리는 아니었다. 버티고 서 있는 내게 죄송하지만 아는 것이 없다고 직원은 재차 확인해주었다. 연이 흔적을 지우고 있다면 그를 찾는 것은 소용없었다. 찾으려 할수록 연이 존재하지 않는다는 것을 확인하는 역설에 이르고 있었다.

그곳에서도 누군가가 나타나길 기다렸다. 택배 상자를 들고 연을 찾는 누군가를. 그러나 막상은 누군가가 오든 오지 않든 상관없는 것도 같았다. 무언가를 기다리고 실망하는 것은 그나마 덜 고통스러운 일이었다.

*

살인청부업자의 행방은 묘연했다. 경찰은 할머니가 의뢰한 살인청부업자가 누구인지 신원조차 단정 짓지 못했다. 살인청부업자를 찾는 데 경찰들이 총력을 기울였지만 소득이 없었다. 그즈음 동영상 하나가 제보되었다. 할머니가 살인을 의뢰했다고 자백하는 동영상이었다. 동영상은 신림의 한 대형 프렌차이즈 PC방에 우편으로 보내졌다. USB 메모리를 열어본 사업주가 언론에 제보한 뒤 공개되고 경찰서로 전해졌다. 할머니는 날짜를 특정하였고, 살인청부업자 손 아무개 씨에게 살인을 의뢰했다고 자백했다. 통장에서 빠져나간 비용까지 정확하게 언급했다. 나는 동영상을 보지 못했다. 영상에서 캡처한 모자이크 처리된 할머니 사진만으로 끔찍했다. 기사를 읽는 것도 힘겨웠다. 제보자는 익명으로 남았다. 그 신원이 궁금했지만 어디서도 드러나지 않았다.

청부업자가 손 씨로 드러났지만 경찰은 한 발도 나아가지 못했다. 손 씨와 동명인 사람들을 추적했지만 살인청부업자와 무관했다. 전화번호도 허위여서 자백 동영상의 진위 여부도 논란이 되었다. 그 손 씨가 연이라는 걸 나는 직감했다. 연에게 보낸 택배, 그것이 의뢰 비용이라는 건 자명했다. 다시 협조를 구한다며 나를 찾아온 형사는 다소 지쳐 보였다.

"이렇게 되어서 유감입니다. 최영혜 씨가 따님의 복수를 한 걸로 보이는데 청부업자의 행방은 전혀 찾을 수가 없습니다."

"글쎄요. 저로서는 드릴 말씀이 없습니다."

형사는 고개를 가로저었다. 광대는 더 불거져 있었고 볼은 푹 패여 있었다. 6월인데도 불구하고 야상 점퍼를 걸치고 있는 형사의 구레나룻 부분에서 땀이 흐르고 있었다. 처음 만났을 때와 비슷하게 쫓기는 사람 같았다. 누군가를 쫓는다는 건 쫓기는 것과 비슷한 것인지도 모른다.

"요즘 살인 사건 검거율은 100퍼센트에 가깝습니다. 뭐, 어떤 때는 100퍼센트를 넘을 때도 있습니다. 미제로 남아 있던 사건을 해결하면 그렇게 되죠. CCTV가 있으니 완전 범죄란 없는 세상이죠. 근데…… 이번 사건은 예외입니다. 살인을 의뢰한 사람은 있는데 살인을 한 사람은 없는 거예요."

형사의 표정에서 혼란스러움이 스쳤다.

"사실 김지연 씨가 아직도 조금 마음에 걸리는데."

형사는 혼잣말인지 내게 의견을 구하는 말인지 구분이 되지 않도록 말을 흐렸다.

김지연. 이기섭의 아내는 기소를 앞두고 풀려났다. 정황 증거 뿐이라 검찰은 무리한 기소를 피했다. 김지연은 졸피뎀을 처방받 아 모아둔 것은 자살을 하기 위해서였다고 진술했다. 차를 폐차 한 것은 술을 먹고 죽기 위해 가드레일을 들이받은 탓으로 밝혀 졌다. 김지연이 가드레일을 받고 길을 이탈하는 장면이 주변 차 량 블랙박스에 찍혔고, 이미 그 영상은 유튜브 등을 통해 퍼진 상 태였다. 영상 속 차량이 김지연의 것이라는 건 뒤늦게 밝혀졌을 뿐이었다. 그 사실이 보도되자 김지연에 대해서는 동정 여론이 번졌다. 물론 가드레일을 들이받는 장면이 찍혔다고 해서 김지연 이 범인이 아니라고 단정할 수는 없었다. 이기섭을 치고 폐차를 하기 위한 알리바이로 일부러 가드레일을 들이받았을 수도 있었 다. 경찰도 여전히 김지연과 할머니의 공모 가능성을 열어두고 있는 것 같았다. 문제는 그런 단서가 남아 있지 않다는 것이었다. 할머니와 여자의 모종의 연결 고리. 그걸 고려하면 김지연이 딛 고 서 있는 지대는 여전히 의심스러웠다. 호기심으로 찾아간 할 머니에게 김지연이 접근한 것일 수도 있었다. 할머니와 알리바이를 만들고, 보험 수혜자가 되었다. 할머니로부터 일말의 힌트를 얻었을 가능성부터 더 깊은 개입까지 상상해볼 수 있다. 이를테면 할머니를 부추겼다거나, 복수심을 자극하고 살인의 당위성을 설득했을지도 모른다. 청부살인의 방식도 김지연의 작품일 수 있다. 노인네의 나약한 마음을 이용하는 건 쉽다. 형사는 그 추정들을 구체화하고 싶어하는 듯했다. 나 역시 그렇게 흘러가는 그림을 원했다. 김지연이 주도했다는 것이 내게도 덜 고통스러웠다. 그러나 나는 그것이 부질없는 추정이라고 단정했다.

"정말 특이한 케이스로 남을 거 같네요. 뭔가 마음에 걸리는 게 있으면 연락주세요."

연이기 때문이다. 살인을 의뢰한 사람은 있는데 청부업자의 행방이 모호하다. 형사가 말했듯이 살인 의뢰에서 이런 케이스는 매우 희귀하다. 전문가가 개입했다는 말이다. 살인 현장엔 아무것도 없었다. 타살인지 아닌지조차 의심스러운 뺑소니였다. 기껏 살인 의뢰인을 찾았는데 범인은 흔적도 없다.

흔적 없이 사라질 수 있는 프로라면 그건 연뿐이다. 경찰은 끝내 청부업자를 찾는 일에 실패할 것이다. 여러 의문점만을 남긴 채 사건은 종결될 터였다. 연은 이미 말끔하게 삭제된 상태였다. 청부업자의 자리가 비어 있는 상황이라면 김지연의 공모나 개입을 밝히는 것도 불가능했다. 그림의 많은 부분은 빈 공간으로 희끗희끗 남아 있었다. 그것을 채울 수 있는 단서를 가진 연은 수면 아래로 가라앉아버렸다.

시간을 통과해야만 알 수 있는 것들이 있다. 그 시간 속에 잠겨 있을 때는 볼 수 없는 것들. 시간이 어느 지점에 내려놓아야만 들여다볼 수 있는 것들. 마치 산에 올라야 아래를 볼 수 있는 것과 같이. 할머니 삶의 아주 작은 조각을 볼 수 있는 지점에 나는 서 있다. 누군가를 진정으로 이해하는 길은 직선이 아니다. 구불구불한 작은 길을 걷고 또 걷는 것이다.

*

'푸른 밤'은 온통 고요했다. 손님이라고는 한 명도 없었고, 책에 둘러싸인 작은 공간은 아늑하기 그지없었다. 『럼펀치』를 살 때와 마찬가지로 살인청부업자와 관련된 어떤 조짐도 읽히지 않았다.

여기가 연의 존재를 탐사하는 마지막 지점이 될 터였다. 나는 벌써 실패하고 돌아서는 순간을 예감하고 있었다. 그럼에도 불구하고 서점 안으로 발을 들여놓고 무언가를 읽어내려고 안간힘을 썼다.

직원은 책의 먼지를 닦고 있다가 잠깐 고개를 꺾어 나를 응시했다. 그러고는 다시 책의 등을 훑으며 먼지를 닦았다. 책을 고르는 것이 목적인 것처럼 나는 책의 제목들을 손가락으로 쓸며 안쪽을 향해 걸어 들어갔다. 손에 잡히는 대로 아무 책이나 빼 들었다가 제자리에 꽂기도 했다. 직원은 손님의 존재를 잊은 듯이 먼지를 닦는 일에만 몰두했다. 책을 여러 권 빼 들고 조용히 서점을 빠져나간다 해도 아무 일이 일어나지 않을 것 같았다. 직원의 과장된 덤덤함에는 석연치 않은 구석이 있었다. 보통의 인사말조차 생략해 버린 무심함이 예사롭지 않았다. 편집증 환자의 시각에서 보자면 얼마든지 의심스러웠다. 직원의 뒷모습을 주시하고 있었지만 별다른 기척이 없었다. 먼지를 닦느라 직원이 팔을 저을 때마다 질끈 묶은 긴 머리가 찰랑찰랑 물결쳤다. 고요하고 아득한 움직임이었다. 그 움직임을 빼면 공기는 그대로 굳어버릴 듯 고여 있었다.

나는 몇 권의 책을 빼고 꽂으며 공기를 흔들었다. 여전히 직원은 등 뒤에서 펼쳐지는 손님의 행적에는 관심이 없어 보였다. 나는 레이몬 케이의 『어바웃 스트레인저』라는 제목의 책을 빼 들고 카운터로 걸어갔다. 우리가 안다고 믿는 이들은 모두 타인들이다, 라고 책 뒷면에 쓰여 있었다. 내가 카운터로 다가가자 직원은 하던 일을 멈추었다. 뒤를 돌아보더니 걸레를 내려놓고 카운터 안쪽으로 들어갔다.

"혹시 연이라고……."

"회원 카드 있으십니까?"

"아니요."

"하나 만들어드릴까요?"

"괜찮습니다."

"만 사천 원입니다."

"연을 찾고 있는데요. 직업상담사인데……."

신용카드를 꺼내며 내가 말했다. 직원은 표정 없이 나를 힐끗 본 뒤 카드 단말기에 신용카드를 긁었다.

"글쎄요. 누굴 찾고 있으신지 모르겠는데요."

"여기 오면 찾을 수 있다고 했는데요. 그냥 메시지만 좀……."

"모르겠는데. 쇼핑백 필요하세요?"

대답을 듣기도 전에 직원은 쇼핑백을 꺼내 책을 담았다. 귀찮아하고 있다는 것이 노골적으로 느껴지는 몸짓이었다.

"저희 서점 달력인데 하나 넣어드릴게요. 회원 가입하시면 드리는 사은품인데 사실 좀 많이 남아서요."

입을 다물게 하려는 듯 직원은 책이 든 쇼핑백을 내게 밀었다. 책방 이름도 쓰여 있지 않은 누런색 쇼핑백이었다. 빵을 담기에 적당해 보이는. 무슨 말을 더 붙여봐야 소용없을 것 같았다. 직원은 먼지를 닦던 책장 앞으로 돌아갔다. 일이 많으니 성가시게 하지 말고 꺼지라고 말하는 것만 같은 뒷모습이었다.

나 역시 주저하지 않고 돌아섰다.

더 이상 연을 찾지 않을 것이다. 그를 찾는 동안 고통을 덜어낸 것이 수확이라면 수확이었다. '푸른 밤'을 빠져나오며 돌아보지 않았다.

여름 시즌에 달력이라니. 아파트 엘리베이터에 발을 밀어 넣을 때, 엉뚱하다는 생각을 했다. 순간 접힌 부채가 펼쳐지듯 나의 촉들이 일제히 날개를 폈다. 마치 와이파이 모양으로 감각이 확대된 것 같았다. 나는 여자가 건네준 쇼핑백에서 달력이라고 말했던 하얀 종이봉투를 꺼냈다. 달력의 형태가 손에 느껴졌지만 달력만이 아니라는 것을 대번에 깨달았다. 누구에게 들키면 안 될 것처럼 황급히 쇼핑백에 봉투를 밀어 넣었다. 부랴부랴 현관문을 여는 순간에도 나는 뒤를 살폈다.

막상 봉투를 열기까지는 한참이 걸렸다. 선고를 기다리는 피고인처럼 나는 심각하게 소파에 앉았다. 하얀 종이봉투는 얌전하게 탁자 위에 놓아둔 채였다. 쉽게 건드려서는 안 되는 위험물 같았다. 나는 움직이지 않았다. 어떤 지시를 기다리듯 봉투를 노려볼 뿐. 두려운 일에 직면한 자율체계가 재빠르게 방어적으로 작동하는 것 같았다. 오프 버튼을 가동 중인 신체는 시각 기능만을 겨우 유지하고 있었다. 시간을 가늠할 수 없었지만 시간은 흘렀다. 냉장고에서 흘러나오는 떨림음이 고요를 깼다. 위층에서 쿵쿵거리는 소리도 내려왔다. 마침내 두려움과 싸우던 확인에 대한 갈망이 종이봉투를 향해 손을 뻗었다. 내용물이 탁자 위로 쏟아졌다. 달력과 편지 한 통이 전부였다.

— 알다시피 나는 살인을 의뢰해서 한 남자를 죽였습니다. 그는 반드시 죽어야 할 사람이었지요. 한 치의 후회도 없습니다. 생각해보면 진작 그를 죽여야 했습니다. 제가 후회하는 건 하루라도 빨리 그를 죽이지 않은 것이었습니다. 살인에 정당한 이유를 붙일 수는 없겠

지요. 그러나 그럼에도 그를 죽인 것은 그렇게 할 수밖에 없는 일이었습니다. 내 딸을 먼저 보내고 죽지 못했던 나는 놈을 죽이고 가는 것이 마지막 과제라고 생각했습니다. 내 삶은 지금 그렇게 할 수밖에 없는, 모든 일로 이루어지고 있습니다. 그러나 내가 의뢰한 그 살인으로 인해 사랑하는 사람이 해를 당할까 두렵습니다. 이 모든 일을 내가 짊어지고 가야 한다는 걸 압니다. 그러니 내 죽음도 그렇게 할 수밖에 없는, 그런 일입니다. 노인네가 심장마비로 죽는 것쯤 얼마나 자연스러운가요. 부디 그렇게 할 수밖에 없는 이 늙은이의 짐을 덜어주시기를 바랍니다.

할머니의 편지를 접었다가 다시 펼쳤다. 몇 문장을 읽고 다시 접었다. 끝까지 읽는 데 오랜 시간이 걸렸다. 문장과 문장 사이를 건너는 것이 거대한 산을 넘는 것과 비슷했다. 호흡이 가빠지고 숨이 턱턱 막혀 왔다. 문장 바깥에서는 마음을 찢는 칼바람이 불어왔다.

편지를 덮고 침대로 기어 들어갔다. 이해 따위를 하고 싶지도 않고 해서도 안 되었다. 이불을 뒤집어쓰고 눈을 감았다. 이불은 거대한 보호 필름처럼 나를 감쌌다. 내 방어막이란 고작 이런 것이다. 잠을 청하거나 눈을 감아 버리는 것. 감은 눈이 젖어 들었다. 눈꺼풀은 고이는 물기에 무너졌다. 이미 마지막 퍼즐은 제자리를 찾아 들어가버렸다. 퍼즐의 모든 조각이 꽉 맞물린 것이다.

할머니는 십자수를 놓는 데 선수였다. 십자수에 관한 한 나는 아는 게 없지만 할머니가 프로였다는 것만은 안다. 할머니는 어떻게 매듭을 지어야 하는지 정확하게 아는 사람이었다. 그 매듭은 견고하고 확실하다. 내가 원하던 매듭의 모습은 아니지만, 견딜 수 없는 결말은 아니었다. 견딜 수 없더라도 견뎌야만 하는 결말이다.

십자수를 놓듯 할머니는 촘촘히 죽음을 완성했다. 연은 그 십자수의 마지막 몇 땀에 불과했다. 할머니가 연에게 의뢰한 살인은 두 가지였다. 놈 그리고 할머니 자신. 제주에서 연은 원하지 않는 죽음을 처리한 적이 있다고 했다. 그 선한 인간은 할머니였을 것이다. 장례식부터 제주까지 연이 내게 베푼 호의가 어디서 비롯된 것인지 알 것 같았다. 호의가 아니라 죄책감이라고 해야겠지만. 암시는 곳곳에 있었다. 보려고 하지 않았기 때문에 놓친 것이다. 왜 그렇게 했느냐고 연을 비난할 수는 없다. 연이 누구인지 나는 알고 있고, 그러나 연이 누구인지 알 수 있는 사람은 세상 어디에도 없기 때문이다. 그러니 그가 더 이상 어떤 답도 줄 수 없다는 것을 나는 명백하게 깨닫고 있다.

살아가면서 여러 끝을 만난다. 끝이 아니라고 말하는 끝도 있다. 물리적 끝과 끝을 받아들이는 마음과의 시차가 발생하기도 한다. 진짜 끝은 그 시차가 극복되는 어느 시점일 것이다. 진짜 끝에 도달해서야 끝의 의미를 알기도 한다. 그러니 끝까지 가는 것이 나쁜 것만은 아니다. 나는 아직 끝에 이르지 못한 것 같기도 하다.

별의 시간

하루에도 몇 번, 〈최후의 만찬〉 앞에 앉아 있었다. 유리창을 채운 어둠이 얄팍해져가는 새벽녘까지 〈최후의 만찬〉을 보곤 했다. 세심하고 촘촘히 수놓인 작품은 볼 때마다 놀랍다. 눈이 침침해서 점점 더 어려움을 겪고 있다던 할머니의 손에서 옷깃 하나하나 섬세하게 표현되었다. 예수의 얼굴, 눈빛까지 모두 읽어낼 듯 생생한 작품이다. 왜 십자수 세계의 마지막 도전과도 같은 작품인지 알 것 같다. 디테일을 최대한 살려야 하는 작품이다. 공을 들여야 하는 것만이 아니라 인내해야 하는 작품이다. 인내의 결과물은 언제나 존경스럽다.

할머니는 죽기 며칠 전 〈최후의 만찬〉 표구를 의뢰했다. 그 표구가 완성되었다고 나에게 전화를 걸었다.

"〈최후의 만찬〉을 가져가겠다고 했잖니? 너한테 보내려고 하는데."

"그걸 정말 다 수놓은 거야?"

"그렇다니까. 이 할미가 농담이라도 한 거 같으냐?"

"대단하네. 그걸 해내다니."

"그렇게 할 수밖에 없는 일이었지."

"응?"

"이건 내게 마지막 과제였단다. 꼭 하고야 말겠다고 생각했으
니 해야지."

"우리 할머니 의지가 대단하시네. 이제 그럼 또 어떤 작품을 하
시려고?"

"이제 그만하련다."

"왜?"

"여기에 온 힘을 쏟아부었어. 더는 힘이 들어서 못 해. 내가 적
어도 너를 위해 한 가지는 했다고 생각하고 싶다."

"알았어. 그렇게 해, 이제 좀 쉬셔요."

할머니와 나의 최후의 대화는 그렇게 끝이 났다. 할머니가 왜
마지막이라고 했는지 이제 알 것 같다. 할머니는 그 순간에도 죽
음을 향해 가고 있었다. 〈최후의 만찬〉은 할머니의 그늘 같은 작
품이 되었다. 보고 있자면 그 어느 작품보다 슬프다. 슬프지만 따
뜻하다. 슬픔이 온기를 품을 수 있다는 것을 보여주듯.

무언가를 이해하는 일은 유동적이다. 언젠가는 슬펐던 것이 다
른 순간엔 괜찮기도 하다. 그것을 바라보는 시선이 현재의 감정

을 따라 움직이기 때문이다. 지금 어떤 감정선으로 숨 쉬고 있는 지는 사물을 이해하는 방식 속에 드러나기 마련이다. 내가 보는 것은 똑같은 〈최후의 만찬〉이지만 지금의 내게는 확연히 다르다. 한 걸음 더 할머니에게 다가간 느낌이다.

*

이른 아침, 김포 공항으로 가는 도로 위를 달리고 있다. 창밖으로 대칭을 이루며 늘어선 초록빛 나무들이 다가왔다가 멀어지기를 반복한다. 초록빛 꽃으로 만개한 듯한 나무들이 긴 행렬을 이루고 있다. 나는 당분간 제주에서 살아볼 생각이다. 우선 집을 구하기 위해 일주일의 여정을 나선 참이다.

올림픽대로에서 김포 공항 방면으로 우회전을 앞두고 있을 때, 모르는 번호로부터 전화가 왔다. 받을까 말까 망설였다. 발신인이 드러나지 않은 번호는 안전하지 않다. 그러다, 제주 숙소의 전화일 수도 있다는 생각이 스쳐 통화 버튼을 눌렀다.

"지금…… 바쁘십니까?"

익숙한 목소리가 건너온다. 하마터면 도로 한복판에서 브레이크를 밟고 차를 세울 뻔했다. 설마 잘못 들은 것이겠지. 연일 리가 없다. 대답을 하지 않자 다시 한번 전화기 너머에서 묻는다.

"바쁘신가요?"

차의 속도를 줄이고 앞차와의 간격을 충분히 만든다. 앞 차의 번호판이 읽히지 않을 만큼 멀어지도록 내버려둔다. 안전거리를 확보하는 것이 필요한 순간이다. 연에게 쌓였던 감정과도 적당한 거리를 둔다. 적당한 거리 안에서만 서로가 안전하다.

"운전 중이에요."

전화기 너머까지 떨리는 목소리가 전해지지 않기를 바랐다.

"어디 가시는 건가요?"

"제주에 가려고 공항에 가는 길이에요."

"아, 그렇군요. 나도 어디를 좀 가는데."

거기가 어디인지 물을까 하다가 그만둔다. 내 안의 언어는 브레이크가 걸린다.

"뉴욕에 출장을 가는 길입니다."

나보다 더 먼 곳으로 가는군요, 라는 말도 내 안에서 멈춘다. 이제 그에게 하고 싶은 말들은 함부로 내 안을 넘어가지 않는다. 말하지 못하는 것들을 언어의 틀 안으로 가져오려 강제하지 않는다. 그에게도 그런 짐을 지우지 말아야 한다. 발화는 서로의 자리를 확인시킨다. 그를 향했던 내부의 소요는 가라앉아 있다.

"메일을 하나 보내드렸습니다. 강라경 씨에게 어울리는 직장이 있어서요."

"나중에 확인할게요. 잘 지내세요."

"네, 잘 지내요."

그가 어떤 사람이었는지 알 것 같지만 막상은 또 알 수가 없다. 왜 그런 전화를 했는지, 짧은 대화 속에서 무엇을 말하고자 했는지, 내게는 흐릿하기만 하다. 매듭지어지지 못하면 아쉬움을 남기기 마련이다. 한 달여가 지난 지금, 아직도 직업상담사로서의 본분을 다하려는 점은 의아하다.

공항 출국장에 들어서 짐을 세워놓고 핸드폰으로 메일함을 연다. '폴9'라는 낯선 발신인으로부터 새 편지가 도착했다. 메일에는 면접 장소와 날짜가 안내되어 있다. '푸른 밤'의 직원 면접. 살인 의뢰 비용을 지불하러 갔던 서점이다. 은밀히 달력을 넣어준 곳이기도 하다. 면접은 이틀 뒤, 1시. 나는 캐리어를 끌고 항공사 체크인 장소로 서둘러 이동한다. 잠시 후 항공사 카운터 앞에 선다.

"항공권 예약했는데 취소하려고 합니다."

할머니가 가장 좋아하는 십자수 그림은 고흐의 〈별이 빛나는 밤〉이었다. 할머니가 처음 십자수를 놓겠다고 하면서 재료들을 끌어안고 집에 들어섰을 때 내가 물었다.

"왜 하필 십자수야?"

"응, 〈별이 빛나는 밤〉을 수놓을 거란다."

"그걸 왜?"

"별이 빛나는 밤을 좋아하니까. 보고 있으면 행복해진단다."

보고 있으면 행복해진다는 것은 내가 행복해지기를 바란다는 의미였다. 언젠가 그 십자수 액자가 내 방에 걸리기를 기대한 것이다. 뒤늦은 깨달음은 언제나 아프다. 조금 더 빨리 깨닫지 못한 것 때문에 인생은 슬퍼진다. 그러나 별이 빛나는 밤을 보면, 푸른 밤 안에 빛나는 것이 무엇인지 나는 볼 수 있게 되었다. 할머니가 차곡차곡 쌓아 올린 그 모든 시간은 지금의 내게로 와서 나의 시간이 된다.

에필로그

— 지나

〈만종〉을 열어본 것은 순전한 호기심이다. 왜 〈만종〉을 가져가라 했는지 할머니의 의도를 전혀 짚어낼 수 없었으니까. 다만 〈만종〉을 감상하라는 의미만은 아니었을 것이다. 지나는 〈만종〉의 뒷면을 열고 할머니가 남긴 것들을 꺼내 들었다.

고등학교 2학년, 4월이었다. 벚꽃잎이 유리창 너머에서 분분히 쏟아져 내리던 날이었다. 포슬포슬 날리는 벚꽃잎들은 햇살의 작은 부스러기들 같았다. 햇살은 창문턱을 건너와 교실 바닥 위로 무늬를 만들고 있었다. 수학 시험을 보는 중이었다. 누군가 자리에서 일어났는지 의자가 지면에 끌리는 지저분한 소음이 정적을 망가뜨렸다. 그러나 시험 시간 중이라 누구도 그 소리를 향해 고개를 들지 않았다. 잠시 후 선생님의 목소리가 무거운 공기를 갈랐다.

강라경, 자리로 돌아가 앉아.

그 말에 몇몇이 고개를 돌렸다. 지나도 시험지로부터 시선을 떼어냈고 고개를 꺾어 소동이 일어나는 방향을 주시했다. 이미 누군가 짧게 비명을 지르고 있었다. 창가에 있던 몇 명이 가까스로 라경의 다리를 끌어안았다. 라경은 햇살이 쏟아지던 창문턱에 아슬아슬한 자세로 서 있었다. 죽음이 고작 몇 센티 앞에 놓여 있는 채로.

죽으려고 한 거야?

아냐.

그럼?

그냥. 그렇게 서 있으면 어떤 심정인가 궁금했어.

정말 그게 다야?

응. 난 죽지 않아. 걱정 마. 그놈을 죽일 거야. 내가 아니야.

〈만종〉 뒷면에는 할머니가 살인을 의뢰했다고 자백하는 동영상이 있었다. 할머니가 남긴 것들을 펼쳐놓고 지나는 오래전 기억을 더듬었다. 그날 라경의 뒷모습은 삶의 이면 같은 것이었다. 삶의 슬픈 이면이 햇살 속에서 어른어른했다. 지금 그날의 기억이 떠오르는 것은 할머니와 라경의 삶이 슬픈 이면을 공유하고 있기 때문일 것이다. 할머니의 살인 의뢰로 라경이 안전해진 것인지 그 반대인지 지나로서는 헤아리기 어려웠다. 어떤 것이 옳은지를 가늠하는 시점은 현재가 아닐 수 있었다. 그러나 현재의 시점에서 옳다고 이해한 바대로 해야 한다. 시간을 넘어서지 못하는 인간은 그렇게 할 수밖에 없다. 할머니의 바람대로 누구도 해를 입지 않는 방식을 선택하기로 했다. 어쩐지 그것이 할머니의 진심이라는 생각이 들었다. 선택은 때로 책임을 묻기도 한다. 할머니는 그것을 이해한 것이다.

─ 연

설계 회의는 이른 아침에 있었다. 7시. 아메리카노 세 잔과 샌드위치가 놓인 테이블에 연은 제일 먼저 도착해 앉았다. 두 명의 직원은 연의 뒤를 이어 회의실로 들어왔다. 설계 회의는 점심 때까지 계속되기도 한다. 샌드위치를 먹으며 자료를 검토하는 것으로 회의를 시작한다. 연은 회의가 시작됐지만 집중할 수가 없었다. 회의 자료를 들여다보면서 몇 달 전에 의뢰받았던 설계 회의를 떠올렸다.

이번 의뢰 건은 S256입니다. 그런데, 이 의뢰 건이 조금 곤란한 것이, S256이 목표물로 본인을 택했다는 겁니다.
남자 직원의 말에 연은 자료를 뒤적이며 찬찬히 들여다봤다.

그렇군요. 그래서 어떻게 진행되나요?

일단, 플랜 A는 S256의 의뢰대로 진행하는 것입니다. 의뢰인의 요구대로 심장마비도 나쁘지 않습니다.

심장마비야 쉽지만…….

연은 미간에 힘을 주고 안경을 치켜올렸다.

연은 다시 한번 의뢰의 목표물을 꼼꼼히 살폈다. 의뢰인은 손녀를 위해 살인 청부를 했다. 손녀가 살인자가 되는 것을 막기 위한 것이었다. 그 손녀는, 살인 의뢰를 맡겼던 강라경이다. 강라경의 의뢰를 접수받고 얼마 뒤 이기섭을 죽여달라는 같은 의뢰 한 건이 더 들어왔다. 그것이 S256의 의뢰였다. S256은 강라경의 의뢰를 취소해달라고 찾아온 것이다. 설계 회의를 거쳐 이기섭 의뢰자로 S256을 선택했다. 다만 전산상의 문제가 발생했다. 강라경의 의뢰가 취소 처리되지 않은 것이다. 진행 과정은 물론이고 현장팀이 보내온 성공 결과지가 강라경에게 발송되었다. 모니터링 과정에서 착오가 밝혀졌다. 결국 강라경에게 의뢰가 실패했다는 우편을 보냈다. 그런 일이 일어난 것은 연이 일을 시작하고 처음이었다. 그것부터 연은 마음에 거슬렸다. 한 번 어긋나면 뒤탈이 남는다.

의뢰인이 선량한 인물인데, 그 점은 어떻습니까.

연은 이 부분을 그냥 넘길 수 없었다.

그런 사례가 없었기 때문에…….

연은 쌓아온 데이터와 이력에 의해서 객관성을 가지고 일에 임

해왔다. 감정은 배제하고, 해야만 하는 일인지 따져야 했다. 그들은 여러 의견을 교환했다. 기존 사례에서 가장 비슷한 의뢰를 검토하기도 했다. 어떤 목표물은 암에 걸린 살인자였다. 그동안 다섯 건의 살인을 저지른. 그 살인자는 아내와 협의 끝에 죽기를 결정했다. 아내가 그 의뢰를 맡겼다. 그러나 그걸 유사 사례로 보기는 어렵다는 것이 연의 생각이었다. 연은 죽음의 동기에 대해서 생각했다. 그 부분을 존중해야 했다.

진행합시다. 그럼, 구체적으로 시간과 방식을 이야기해보겠습니다.

회의는 네 시간이 넘도록 계속되었다. 연은 커피를 두 잔이나 마셨다. 설계는 목표물을 제거하는 데서 가장 중요한 부분이다. 치밀하게 설계되어도 조금씩 어긋나기 마련이다. 그 어긋날 수 있는 부분까지 조절해야 한다. 제일 중요한 부분은 노출되지 않는 것이다. 목표물이 의뢰인인 점은 연을 끝까지 갈등하게 한 부분이다. 그건 연이 이 일을 시작한 것과 전혀 다른 방향의 설계였다. 이번 설계는 단 한 번의 예외가 될 것이었다.

연은 그날의 설계 회의를 떠올리다가 현재로 돌아온다.

이번 의뢰의 목표물은 학원 수학 강사이며, 얼마 전 학원생을 성폭행했다고 언론이 시끄러웠던 적이 있습니다. 조사 자료에 의하면 상당히 지저분하게 성폭행에 연루되어 있는데 교묘하게 다 빠져나갔습니다. 피해자들과 적절히 합의를 잘한 케이스라고 할 수 있습니다. 이번 의뢰자는 8년 전 사건의 피해자 언니입니다. 피해자가 자살을 하고 언니가 의뢰한 케이스입니다.

연은 학원 강사의 이력과 사진을 한참 들여다본다. 학원 강사, 공교롭게도 강라경의 뒤를 밟도록 지시했던 남자다.

자, 오전 회의는 여기서 마감합니다.

연은 자료들을 정리해서 자리에서 일어난다. 회의가 길어진 탓인지 피로하다.

징계위원회 마친 대표님께서 기다립니다.

회의실을 빠져나오자 비서가 전달한다. 연은 고개를 끄덕이고 엘리베이터에 몸을 싣는다.

자료를 노출한 건 인정하는 거지?

네.

그게 규정에 어긋나는 건 알고 있지? 도대체 왜 그런 거야? 얼마나 위험한 건지 모르지 않을 테고.

알고 있습니다. 드릴 말씀이 없습니다.

대표는 안경을 벗고 얼굴을 쓸었다.

다른 건 모르지만 노출은 안 돼.

죄송합니다.

두 달 정직이야. 그냥 바람 쐰다고 생각해.

네. 알겠습니다.

뉴욕에 누나가 있다고 했지? 잠깐 거기에라도 다녀오지?

네. 그렇게 하겠습니다.

점심은?

냉면을 먹을까 합니다.

여전하군. 냉면 좋아하는 거.

연은 대표의 방을 나선다. 마음 한구석이 주름 잡힌 듯 무언가가 개운하지 않다. 아마도 강라경 때문일 것이다. 진실을 아는 것이 언제나 필요하지는 않다. 그럼에도 불구하고 그렇게 해야 할 때도 있다. 연에게 그 일은 그렇게 할 수밖에 없는 일이었다. 의뢰인의 진심이 그랬기 때문이다. 진심은 누군가를 움직이는 가장 강력한 동기다.

작가의 말

어떤 갈망은 쉽게 흘러가지 않는다. 글을 쓰고 싶어했던 갈망은 시간을 훌쩍 건너오는 동안에도 내 안에 머물러 있었다. 그 갈망이 나를 다그치고 달래며 다시 글을 쓰게 했다. 오기였는지, 습관이 되어 버린 건지, 그저 좋아하는 것인지 어쨌거나 다시 글을 쓰는 내가 있었다.

얼마 전, 졸음 운전자의 차가 몇몇 아이들을 덮치는 사고가 뉴스를 탔다. 응급실로 실려간 아이들은 위기의 순간을 무사히 넘기고 일반 병실로 옮겨졌다. 불행한 사고였는데 그 안에서 몇 초의 기적이 흘렀다. 당시 주변 CCTV 영상이 공개됐는데 차에 치여 넘어진 아이가 벌떡 일어나 다리를 절뚝거리며 아직 쓰러져 있는 친구에게 급히 다가가고 있었다.

어떤 순간에도 살아 있다는 것, 그것은 기적이다. 나는 기적에 대해 쓰고 싶었다. 꿋꿋하게 살아남아 나아가는 인생의 기적에 대해. 그것이 기적인 것을 모르고 살아가는 것조차 기적이라는 것에 대해. 그 기적은 아인슈타인으로부터 비롯되었다.

아인슈타인은 기적에 대해 이렇게 말했다. "인생을 사는 방식에 두 가지가 있다. 기적이 없다고 생각하며 사는 것, 모든 순간이 기적이라고 믿으며 사는 것."

사랑하고 이해하는 것과 견줄 만한 기적이 또 있을까. 이 소설은 악을 제거하는 이야기가 아니다. 사랑하고 이해하는 방식에 대한 이야기다. 사랑에 대해 말하려면 먼저 악에 대해 써야 한다고 생각했다. 사랑은 극적인 사건에 부딪혀야 모습을 드러내기 때문이다.

끔찍한 범죄 뉴스 때문에 소설이 멈출 때도 있었다. 현실이 이런 지경인데 소설을 쓰는 것이 무슨 소용인가. 하지만 소설은 스스로의 힘으로 길을 내며 나아가고 있었다. 마침내 생명이 소멸하듯 스스로 끝에 이르렀다. 나는 그 길을 충실히 따라가 할머니의 끝에 도착했다.

소설의 마지막 장을 덮는 누군가에게 할머니의 마음 한 조각이 깃드는 기적을 꿈꾸어본다. 쓰러진 친구를 향해 절룩이며 달려가는 영상 속 아이의 마음이 내게 스몄듯이.

기회를 얻는 것은 무엇보다 멋진 기적이다. 출판사 분들과 심사위원 님들께 마음 깊이 감사드린다.

이름을 불러드리고 싶은 엄마, 김영숙 여사에게 이 책을 가장

202

먼저 드리고 싶다. 친정과 시댁 식구들, 직장 동료와 지인들에게도 감사의 마음을 전한다. 내 행복을 말할 때 빼놓을 수 없는 남편에게도 사랑과 감사를 보낸다.

소설을 쓰는 동안 나는 뜨거워진다. 마치 사랑에 빠진 듯한 단순한 열정이 나를 지배한다. 이토록 송두리째 마음을 빼앗기고 살아가는 것이 행복하다. 얼마든지 열정 속에 녹아들 수 있다.

단순한 열정이 이끄는 대로 나를 맡길 것이다.

그렇게 할 수밖에

© 최도담, 2022

초판 1쇄 인쇄일 2022년 12월 16일
초판 1쇄 발행일 2022년 12월 22일

지은이   최도담
펴낸이   정은영
편집   이태은
디자인   박현민
마케팅   최금순 오세미 공태희
제작   홍동근

펴낸곳   네오북스
출판등록   2013년 4월 19일 제2013-000123호
주소   04047 서울시 마포구 양화로6길 49
전화   편집부 (02)324-2347, 경영지원부 (02)325-6047
팩스   편집부 (02)324-2348, 경영지원부 (02)2648-1311
이메일   neofiction@jamobook.com

ISBN 979-11-5740-349-3 (03810)